KB198900

평화, 소설을 만나다 1 | 지배논리

가해자는 왜 폭력을 정당화하는가?

피눈물 / 반역자 / 김덕수 / 태형

평화, 소설을 만나다 1 | 지배논리

가해자는 왜 폭력을 정당화하는가?

2024년 12월 23일 제1판 제1쇄 발행

지은이   따돌림사회연구모임 서사교육팀
펴낸이   강봉구
그린이   소현우

펴낸곳   도서출판 작은숲
등록번호   제406-2013-000081호
주소   경기도 파주시 와석순환로 307, 1107-101
전화   070-4067-8560
팩스   0505-499-8560
홈페이지   http://www.littleforestpublish.co.kr
이메일   littlef2010@naver.com

ⓒ 따돌림사회연구모임 서사교육팀

ISBN 979-11-6035-160-6 43810
값은 뒤표지에 있습니다.

※이 책은 저작권법에 따라 보호받는 저작물이므로 무단 전재와 무단 복제를 금합니다.
※이 책의 전부 또는 일부를 이용하려면 반드시 저작권자와 '작은숲출판사'의 동의를 받아야 합니다.
※이 책의 본문은 원문 표기를 원칙으로 하였으나 청소년 독자의 이해를 돕기 위해 일부 수정하였습니다.

스마트폰으로 큐알코드를 스캔하면
독후 활동지 등 수업자료를 볼 수 있습니다.

평화, 소설을 만나다 1　지배논리

가해자는 왜 폭력을 정당화하는가?

피눈물
반역자
김덕수
태형

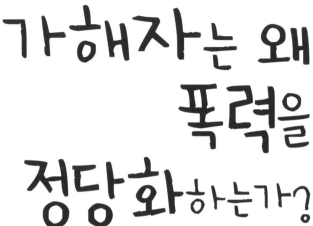

따돌림사회연구모임 엮고씀
소현우 그림

작은숲

이 책을 내며

　평화는 우연히 찾아오거나 뜻하지 않게 누릴 수 있는 것이 아니라, 공동체 모두가 끊임없이 노력해서 만들어야 비로소 누릴 수 있는 것입니다. 그 노력 중에서 가장 중요한 것은 평소에 평화로운 세상을 만들기 위해 꾸준히 실천하고 내 주변에서 일어나고 있는 폭력에 당당히 맞서 싸우는 일입니다.

　'따돌림사회연구모임 서사교육팀'은 소설교육을 통해 평화로운 삶을 배우고 폭력의 여러 모습을 고발하기 위해 국내외 단편소설을 주제별로 묶어 소설선을 출간했습니다. 그 주제는 지배 논리, 욕망, 폭력 심리, 불평등, 불안, 용기, 연대, 해방입니다.

　여러분들이 이 책을 읽으며 이것만은 꼭 했으면 합니다. 첫째, 진실한 척 가면을 쓰고 있는 폭력의 진짜 모습을 발견하는 것, 둘째, 폭력에 당당히 맞서는 방법을 찾는 것, 셋째, 일그러진 인간관계를 극복하고 평화롭고 화목하게 살아가는 방법을 배우는 것입니다.

　작가가 독자에게 전하는 말은 항상 정해진 게 아닙니다. 독자의 관점에 따라 조금씩 다르게 해석되기 때문입니다. 이 책에는 깊이 있는 독서 과정을 돕기 위해 생각해 보아야 할 것을 질문으로 싣고, 소설의 이해를 돕기 위해 소설과 관련된 역사 이야기를 실었습니다. 그리고 여러분이 평화의 관점에서 소설을 바라볼 수 있도록 길잡이 글을 두었습니다.

가해자의 논리와 피해자의 논리는 무엇인가?

　1권은 일제 강점기에 가해자였던 지배 계층의 폭력과 이에 수탈당한 피해자의 삶을 다루고 있습니다. 그중에서도 지배자들이 가지고 있는 잘못된 논리에 대해 살펴보는 작품들로 구성했습니다. 특히 일제 강점기의 친일파들은 지식인의 탈을 쓰고 지배자의 논리에 따라 거짓과 위선 속에서 개인의 욕망과 이익을 추구하고 살았습니다. 그러면서 그들은 피지배자에게는 끊임없이 희생을 강요하고, 참고 견디라고 하면서 가혹한 잣대를 들이댔습니다. 하지만 자신의 친일 행위에 대해서는 항상 변명으로 정당화하면서 너그러웠습니다.

이런 친일파의 비겁한 선택과는 달리 같은 지식인이어도 정의로운 삶을 선택한 사람들도 있었습니다. 「피눈물」, 「만가」, 「찬미가에 싸인 원혼」에서 드러나듯 그들은 끊임없이 폭력에 저항하고 독립을 염원하는 숭고한 삶을 살았습니다.

우리는 아직 일제 강점기 역사를 깨끗하게 해결하지 못했습니다. 단순히 해결하지 못한 데에 그친 것이 아니라 일본 제국주의 시대의 지배집단의 망령들이 되살아나고 있습니다. 폭력을 행사한 가해자는 버젓이 돈과 권력을 이용하여 변호사를 시켜서 자신의 죄를 없는 일로 만들려 하고 있습니다. 누군가는 저항의 역사를 지워버리고 자신들의 이익을 위해 거짓으로 역사를 다시 쓰려고 하고 있습니다.

　이 책을 읽은 여러분들이 일제 강점기 지배자들의 논리가 21세기 대한민국에서도 그대로 반복되고 있다는 것을 깨닫게 되기를 바랍니다. 그리고 더 이상 그 논리에 억압당하거나 휘둘리지 않는 삶을 살기를 바랍니다. 평화의 세상을 스스로 만들어갈 수 있다는 믿음을 잃지 않기를 바랍니다. 그리하여 우리의 세상을 평화롭게 하는데 앞장서는 가치 있는 삶에 대해 배우기를 간절하게 바랍니다.

따돌림사회연구모임 서사교육팀

차례

읽기 전에 생각해 봐요

역사는 승자가 쓰는 것이라고 합니다. 그래서 힘없는 약자가 정의롭게 투쟁하다 죽음을 맞이하는 약자의 투쟁은 역사를 바꾸지 못하는 것처럼 보입니다. 하지만 주인공인 윤섭과 정희의 죽음은 당시 사람들에게 어떤 영향을 끼쳤으며 이후 독립운동에 어떻게 작용했을까요? 역사를 돌아보면 억압받는 사람들이 할 수 있는 선택은 어떤 것들이 있나요? 그들의 선택이 역사에서 어떻게 평가되고 어떤 영향을 주는지 생각해 봅시다.

피눈물

기월   3·1 운동에 직접 참여한 듯 보이며 상해 임시정부 수립에 동참하여 임시정부 기관지인 〈독립신문〉 편집에 관여한 사람으로 추정됩니다. 기월이라는 필명으로 이 소설을 일제 강점기 〈상하이독립신문〉에 연재하였습니다.

1

　윤섭은 일본인 경찰의 쇠갈고리에 찔린 머리를 모자로 꼭 가리고 수진동 파출소를 힘겹게 지나와서 북쪽의 전동 골목 쪽으로 올라간다. 음력 이월 초승달이 벌써 넘어가고, 처마 밑 등의 희미한 불빛 아래 흥분으로 달아오른 윤섭의 얼굴에 어둡고 차가운 바람이 분다. 윤섭은 연일 불안으로 인한 피로에다 다량의 출혈과 상처의 고통으로 때때로 현기증이 나고 온몸이 마비되어 도로 위에 쓰러지고 싶은 심정이다. 미친 듯 혼란스러운 여러 가지 기억과 계획과 감정들이 두서없이 지나간다. 어찌하면 대대적으로 또 한 번 시위 운동을 할까? 오늘까지의 운동은 일본 군인의 압박이 심하기 때문에 계획한 만큼 성공하지 못하였다. 삼십여 명의 사상자가 발생하고 수천 명이 붙잡혔으니 현재로는 운동을 추진하기 곤란한 처지가 되었다. 백 명 동지에서 어제까지 팔십 인을 잃고 이제 몇 명 남지 않았지만, 그럴수록 자기의 책임이 더욱 중요해진다는 것이 기쁘고 자신의 존재 의의가 더욱 있는 듯하여 만족스러운 미소가 지어졌다. 그러다가 윤섭은 자기의 상처가 떠올라 걱정이 됐다. 어떤 의사에게 물어볼까. 상처가 심하진 않은지. 심각한 듯도 가벼운 듯도 하다.

보성학교 대문에 큰 두 개의 등이 불이 꺼졌다. 이것도 일본인들의 위력이다. 그때 윤섭은 문득 앞에서 들려오는 목소리를 들었다.

"이년 그게 뭐야."

"책이에요."

"무슨 책이야. 이년 너도 어떤 남학생들과 함께 독립신문을 돌리는구나. 응."

이건 분명히 조선 사람의 소리다. 한참 동안 있다가

"나하고 가자. 경찰서로 가."

"가기는 어디를 가. 너는 조선 사람이 아니야? 짐승이 아니거든 정신을 차려."

여자의 말소리는 성난 기운이 가득했다. 윤섭은 두어 걸음 더 가까이 가서 담 밑에 바짝 붙어 섰다. '쩍'하고 뺨 때리는 소리가 나고 끌려가는 여자와 칼을 찬 순사의 모습이 전등 빛에 드러난다. 순사는 한 팔로 여자의 손을 등 뒤로 돌려 잡으며 온 전신을 제압하고 한 팔에는 무슨 문서 종이 같은 것을 들고 윤섭의 앞을 향해 다가온다. 여자는 발악을 하지만 아무 효력도 없었다. 윤섭은 온몸의 뜨거운 피가 일시에 머리로 솟는 듯하여 잠깐 몸을 그늘로 숨기며 주먹을 불끈 쥔다. 순사는 팔에 닿은 여자의 따뜻한 온기에 유혹되어 여자를 껴안고 입을 여자의 얼굴로 향한다. 여자는 "사람 살려요." 하고 크게 소리쳤다. 그러나 일본 천황 순사의 행동을 누가 막겠느냐? (1919. 08. 21.)

2

더구나 3월 1일 이후로는 우리 민족은 일본인이 보기에 모두 다 죄인이오, 불순하고 불량한 조선 사람이오, 개나 말이었다. 처녀의 "살려주시오." 하는 외침은 아주 어둑한 골목을 휘젓고 있었다. 윤섭은 가만히 피 묻은 두루마기를 벗어 놓고 날아오를 듯이 달려들어 뒤에서 순사의 귀 주변에 일격을 가하고, 계속해서 그의 목덜미를 붙잡아 바닥에 쓰러뜨리며 여자더러

"자, 어서 도망하시오." 한다. 여자는 한번 윤섭을 보고 몸을

피했다.

순사는 생각하지 못한 공격으로 정신을 차리지 못하다가 눈을 떠보니 한 청년이 금방이라도 공격할 기세로 주먹을 쥐고 자기를 노려보는 것을 보았다. 청년은,

"이놈아, 너가 사람이냐? 너는 대한에서 태어나 자란 사람이 아니냐? 이놈아." 하고 구두로 가슴팍을 차려 하다가 옆구리를 힘껏 한 번 차고 자기 역시 몸을 피하였다.

윤섭은 가까스로 자기 집에 돌아왔다. 와보니 형 광섭은 부상을 당하여 제중원(조선시대에 세워진 최초의 근대식 병원)에 가고 여동생 윤선은 붙잡혀가서 어딨는지 모른다 하시며 어머니는 뒤숭숭한 마음에 심란하게 앉아 계셨다. 30분 전에 헌병이 마구 몰려와 집안을 수색하고 어머니와 형수님까지 구타하였단 말을 하셨다. 윤섭이 형의 방에 가 보니 형수님은 자리에 누웠고 눈이 붉게 되었다. 어머니는

"너도 어서 몸을 피해라. 어느 때 그놈들이 또 찾을지 아니? 그놈들 말이 네가 흉악한 놈이라고 기어이 죽여야 한다고 그러더라."

"지금 제가 어디로 가겠어요."

하고 오랫동안 다투다가 아범과 약조하고 행랑에 자려고 누웠다.

대소변 냄새가 나는 방이지만 극도로 피곤한 윤섭에게는 더할 수 없는 낙원이었다. 윤섭은 거울을 들어 자기의 피 묻은 머리를 한번 보고 어머니께 말을 안 한 것을 스스로 만족하면서 그날 일을 떠올리고 내일의 계획을 생각하다 잠이 들었다.

윤섭이 잠자는 동안에도 경성(서울의 옛 이름)은 공포와 고통 속에 자지 않고 있었다. 순사와 헌병들은 모기마냥 방방곡곡 다니면서 문을 차고 가족들이 잠자는 이불을 벗기고 수색하고 구타하고 붙잡아 모욕하였으며 각 경찰서에서 잔인한 형벌과 모진 매질로 수천의 남녀와 노소가 피를 흘리고 통곡한다.

한민족 소녀들이 일본인 앞에서 나체로 서서 희롱과 경멸, 구타를 당하여 죽거나 붙잡혀 다치고, 한편 남은 독립당 청년들은 구석구석에서 모여 내일의 절차를 의논한다. 이러한 중에서 윤섭은 깨어있을 때의 고통을 꿈에서도 다시 꾸며 나흘 만에 첫잠을 들었다. (1919. 08. 26.)

3

"정희니? 어떻게 안 잡혀갔구나."
하며 마당에서 나는 발소리를 듣고 어머니는 마루 위의 방문을 힘차게 여셨다.

"그놈들이 모조리 다 잡아가면서 다행히 너 하나를 남겨 두었구나"

하고 기운 없이 들어오는 정희의 손을 잡으며

"꽁꽁 얼었구나."

"언니는 어디 갔어요?"

"내가 알겠니? 아까 정욱의 말로는 여학생 한 십여 명의 머리가 풀어 헤친 채 두 손이 단단히 묶여서 종로 경찰서로 가는 자동차에 끌려가더라고 하더라. 왜놈 순사가 모자 끈을 매고 칼을 빼 들고, 그런데 그 안에 정순의 까만 치마가 보이더라고 하더라. 그놈들은 계집애를 잡아다가 무엇을 하려고 하는지."

"벌거벗기고 때리지요."

"왜, 왜 남의 귀한 따님을 벌거벗기고 때려!"

"그놈들한테 물어보세요."

어머니는 물끄러미 정희를 보더니,

"어쩐 일이야, 저 옷고름은 어디서 다 떼이고 아침에 다려 입은 치마가 어쩌다 이 모양이 되었니."

하고 어머니는 반은 미친 듯이 정신을 차리지 못하고 딸의 몸을 만진다.

"무슨 일 있었구나. 어서 말을 해봐."

정희는 이 말에 대답도 안 하고

"오빠는 어디 갔어요?"

"내가 아니, 또 잡혀간 게지."

"정환이는 어디 갔지?"

"다 모르겠다. 집에 남은 사람은 할머니하고 나밖에 없다. 세상 마지막 날이 왔는지 모조리 잡혀가고 말았다. 너 저녁 어디서 먹었니?"

"먹기 싫어요."

하면서도 생각해 보니 아침 일곱 시 반에 간단히 먹고 나간 후로는 종일 물 한 잔도 먹은 일이 없다. 그것을 생각하면 배고픈 듯하면서도 오늘 종일 자기의 동무들과 남학생들과 모든 동포들이 일본 군인의 창끝에 찔리고 경찰과 사복 입은 일본인들에게 몽둥이로 얻어맞고, 구두로 차이던 모습이 생각난다. 지금 전동 골목에서 일본제국 천황의 순사에게 모욕을 당하던 일과 지금 옥중에서 고초를 당하는 동포들이 처한 상황까지 생각하며 정희의 가슴은 터지는 듯하여 눈물만 복받쳐 올라온다. 정희는 어머니의 무릎에 쓰러져 운다. 어머니는 남편과 아들딸을 모두 감옥에 넣어놓고 살아있는 것 같지 않다가 정희가 돌아와 얼마만큼 위로가 되었으나 정희의 눈물에 그 위로도 다 쓰러지는 듯 했다. 마치 캄캄한 밤에 호랑이 들끓는 깊은 산 속에 어린 아이와 단둘이 있는 듯하여 자신도 모르게 전율이 일었다. 벽마다 그 독사 같은 세모난 눈이 간격 없이 들러붙어서 모녀의 가슴속까지 들여다보고 그 한민족의 피로 녹슨 창과 한민족의 살덩이가 더덕더덕 붙은 포승줄로 모녀를 한꺼번에 묶어 사나운 왜헌병이 있는 경무총감부(1910년부터 1919년까지 조선총독부 산하에 있었던 경찰 조직)로 끌고 갈 것만 같다.

그러나 이때 정희의 생각에는 독기만 가득 찼다. 어디서 돌이라도 베고 쇠라도 끊을 수 있는 예리한 칼을 얻어 가슴이 터지도록 사무친 한을 풀고 싶었다. 정희는 밤새도록 눈물로 베개를 적시면서 위태로운 나라를 구한 잔다르크의 영혼에게 빌었다. (1919. 08. 29.)

4

윤섭은 순사를 때리고 여자를 구출하던 꿈을 꾸다가 행랑아범이 깨우는 기척에 잠에서 깼다. 방은 아직 캄캄하다. 아범은 윤섭의 잠자는 머리 앞에 쪼그리고 앉아 조심스러운 듯이 조그만 소리로

"어떤 사람이 윤섭 도련님을 찾아요. 형사나 아닌지 모르겠

어요."

"누구냐고 물어보지 않았나."

"물어보니까 이름은 말을 안 하고 어비라고만 그래요."

윤섭은 공업전문학교의 박암 군이 온 줄을 알고 AB라는 것을 어비라고 들은 아범이 우스워서 웃은 후 벌떡 일어나면서,

"들어오라고 하게, 형사 아니니 무서워 말고."

윤섭은 손으로 머리에 난 상처를 만져 보았다. 조금 몸이 쑤시고 아픈 것이 느껴지나 대단하지는 않은 모양이다. 그리고 나서는 오늘의 계획을 생각하고 회중시계를 창문에다 대보며 겨우 새벽 네 시인 줄을 알았다. 이윽고 가만히 문이 열리며 검은 두루마기에 학생 모자를 잔뜩 눌러 쓴 키 큰 박암 군이 들어와서 윤섭을 찾느라고 고개를 내어 두른다. 윤섭은 일어나서 덥석 박암의 손을 잡으며 감격한 듯이

"안 잡혔네그래, 상한 데나 없나?"

박암은 그제야 안심한 듯이 쾌활하게 윤섭의 손을 쥐면서,

"몽둥이로 머리를 한 대 얻어맞아서 한참 정신 잃고 고꾸라져 있던 덕에 잡혀가기는 면하였네. 아마 죽은 줄 알고 내버려 두었나 보네. 자네는 어떻게 세상에 남았나? 얻어맞지나 않았나?"

윤섭은 장대한 몸집과 어울리지 않게 전라도 말씨에 여성적

인 박암의 목소리를 들을 때마다 매번 우스움을 느낀다.

"나도 머리가 한 군데 터졌네. 아직도 정신이 이렇게 있는 것을 보니까 뇌는 그대로 있는 모양일세."

하고 문득

"자, 앉게. 대관절 몇 사람이 남았나?"

박은 앉아서 담배를 꺼내 불을 붙인다. 잠깐 반짝하는 성냥불에 두 사람은 서로의 얼굴을 확인해 본다. 둘 다 피로로 얼굴색이 창백하게 되었고 긴장으로 주위에 세심하게 반응하고 있다. 아직 공부나 하고 시험 치를 근심이나 할 학생들이 나랏일에 분주하다는 것이 가여운 일이다. 그러나 지금 그들의 정신은 애국으로 가득 찼다. 애국은 지금 와서는 그들에게는 종교적 열정이다. 신앙이다. 자기네는 국가를 위하여서만 생존하는 듯하다. 박암은 오래간만에 피우는 담배 맛을 지극히 깊이 음미한 뒤에,

"십여 명은 옛말일세. 밤새도록 돌아다니면서 찾았는데 넷밖에 못 만났네. 자네까지 다섯, 다 죽었는지 잡혀갔는지 누가 아나. 이제 병원으로 가보려고 하네. 아마 네댓 명이야 만날 테지. 모두 다 상처를 입고 뇌가 갈라졌으니 살아난들 온전한 사람이야 될 수 있나."

윤섭은 어제 전동 어귀에서 어떤 학생 하나가 연설을 하다가 평상복을 입은 일본인의 몽둥이에 얻어맞아서 머리가 갈라져

다량의 출혈과 함께 기절하던 광경을 회상한다. 그리고 그 학생이 아직 십오륙 세가 넘지 못한 어린 소년이던 것도 생각하다가 문득

"오늘 일은 다 준비되었나?" (1919. 09. 02.)

5

'오늘 일은 다 준비되었나?' 하는 윤섭의 질문에 박암은 용기를 얻은 듯이

"성공일세 성공이야, 아주 대성공이야. 이 밤이 새고 아침 해가 뜨면 경성(일제 강점기의 서울) 천지에 전무후무한 대장관이 연출될 것을 생각하니 유쾌해서 못 견디겠어. 진명여학교 학생회에 부탁하였던 국기 이천 개가 어젯밤에 다 되어서 본부로 가져왔더군. 그래서 각 장소로 분배하려던 계획을 변경하고 그중에서 천 개를 북악산, 인왕산, 남산의 나무 끝에다 걸기로 했는데 사람이 있어야지. 그래 한참 어쩔 줄을 모르고 있으니까, 만세 부르다가 쫓겨 다니는 초등학생 한패가 오더군. 그래서 그런 말을 했더니 두 시간 동안 국기 천 개를 한성(서울의 옛 이름) 천지에 달았네그려."

하고 유쾌하게 웃다가 목소리가 너무 높았던 것을 느낀 듯이 낮은 음성으로,

"그리고 오늘은 도저히 한 곳에서 여러 시위를 하기는 불가능할 듯하니까 지금 남은 여섯 명이 여섯 군데를 한 명씩 맡아서 시위를 하기로 하였네. 다 맡고 남은 배오개와 대한문 앞은 우리 둘이 하면 되고. 그리고 '맞을지언정 때리지 말고 죽을지언정 죽이지 말라'는 뜻으로 제2차 경고문을 써서 고등여학교 파에게 인쇄를 부탁했으니까 아마 벌써 되었을 것일세. 또 독립선언서 육천 장은 역시 누님 파에게 부탁을 했으니까 염려 없고……."

"그러면 여섯 군데가 동시에 일어나는 것인가?"

"아니, 오전 열 시부터 시작해서 평균 한 시간 간격으로 시위할 예정이야. 말하자면 동에 이는 듯 서에서 일고 남을 치는 듯 북을 치는 군사 전략을 응용한 것이지."

이때 문 밖으로 우유 장수가 지나가는 모양인지 창문에는 새벽빛이 약간 비치어 두 사람의 윤곽이 차차 드러난다. 두 사람의 마음 속에는 일종의 비장한 희열이 꿈틀거린다. 윤섭은 수그렸던 고개를 번쩍 들며,

"그러면 내가 대한문 앞을 맡지. 자네는 배오개로 가게. 독립선언서는 가져올 사람이 있겠네그려?"

"암, 누군지는 모르지만 오전 열 시면 정동 골목으로부터 무슨 보퉁이 가진 여학생 두세 명 나와서 왼손을 들어 신호를 할 것일세. 또 그때쯤 되면 적더라도 이백 명 사람은 이미 행인 모양으로 모였을 것이니 그때에 자네가 모자를 벗어 높이 들고 연설을 시작하면 자네 직분을 다한 것일세."

윤섭은 무한대로 나오는 박암의 지혜와 쉼 없는 민활한 활동을 신기하게 여긴다. 3월 1일 이래로 남녀학생단체의 활동 계획과 실행은 대개 박암의 머리와 수완에서 시작한 것이다. 어젯밤에도 뜬눈으로 밤을 보내며 위험을 무릅쓰고 바쁘게 뛰어다니면서 오늘 시위의 미세한 데까지 정하고 지휘함을 볼 때에 일종의 존경심을 품으며 어둠 속에서 박암의 얼굴을 응시하였다. 이윽고 박암은 벌떡 일어나면서

"자, 작별하세."

하고 윤섭의 손을 잡는다. 윤섭은 순간 눈물이 흘렀다.

"오늘 저녁에 다시 만나게 되면 다행이오, 못 만나게 되어도 다행일세."

하는 박암의 음성도 아닌 게 아니라 떨린다. 두 청년은 한참이나 마주 보고 섰다가 서로의 성공을 빌고 출전하는 용사와 같이 비장한 작별을 한다. (1919. 09. 04.)

박암의 말과 같이 한성(경성)은 한편으로는 놀라웠고 한편으로는 무섭고 두려운 상황이다. 해가 뜨자 북악산, 남산, 인왕산에 무수한 태극기가 아침 바람에 날린다. 마치 천 년간 일본인에게 압수되어 불태워졌던 수백만의 태극기의 슬픈 혼이 하룻밤 사이에 저승으로부터 뛰어나와 한 많은 서울을 에워싼 것 같다. 머리에 태극기를 인 늙은 소나무들은 모두 일찍 우리나라의 영광을 찬양하던 자들이다. 감히 일본 황제 만세를 노래하는 국민들이 있고, 이완용, 송병준, 민원식 같은 큰 개와 작은 개가 출현했다고 하더라도, 우리 국토에서 자란 노송들은 침묵의 통곡을 간직하고 있다. 우리 국토의 어여쁜 학생들이 야밤중에 그 조그마한 손으로 품속에서 태극기를 내어 자기의 머리에 달 때에 노송들은 바람이 없더라도 반드시 비장하게 큰 목소리로 부르짖었을 것이다. 3만의 한성 시민의 시선은 이 신통한 경치로 몰렸다. 3만 명 하나하나가 전율과 비웃음과 증오로 이 광경을 마주하며 희비(기쁨과 슬픔)가 교차하는 감격의 뜨거운 눈물을 흩뿌렸다. 아아, 얼마나 그립던 태극기, 얼마나 달고 싶던 태극기이던가. 원수 같은 일제로부터 조국 땅을 광복하는 날 우리는 통곡하던 삼천리 강산의 풀 한 포기 나무 한 그루까지라도 태극기를 달리라. 산마다 바위마다 집마다 그릴 수 있는 온갖 것에 태극기를 그리고 새길 수 있는 온갖 것에 태극기를 새기리라. 십년 전 태극기가 나와 같이 있을 때에는 나는 네가 귀한 줄을 몰랐더니 태극기를 잃은 지 십 년, 억지로 원수의 나라 국기를 달아온 지 십 년에 태극기가 우리에게 없어서는 안 될 것인 줄을 알았다. 태극기야, 진실로 네가 왔느냐. 왔거든 내 가슴에 안겨라. 꼬옥 껴안고 다시 놓을 줄이 있으랴. 때린들 놓으랴, 사지를 끊은들 놓으랴, 산 채로 내 몸을 망친들 놓으랴.

이것이 이날 아침 한성을 본 감격이 아닐까. 혹 내가 잘못 보았을까.

이윽고 북촌 근방으로 민가에도 여기저기 태극기가 날린다. 이 구석 저 구석에서 만세 소리가 들리며 길 위로 힘없이 왕래하는 흰 옷 입은 우리 백성은 무슨 크고 무서운 일을 예상하는 모양으로 눈을 내려감고 입을 다문다. 남대문과 진고개와 대한문 앞으로 일본 군사의 갑작스런 함성 소리와 총검의 빛이 보인다. 일본 군사는 산에 날리는 태극기를 향하고 전속력으로 진격한다. (1919. 09. 06.)

일본 군인이 태극기를 향하고 산으로 돌격하는 광경을 본 군중의 시선은 남산과 북악과 인왕산의 태극기로 몰린다. 일본 군인의 누런 복장이 번쩍할 때마다 소나무 끝에 달린 태극기가 하나씩 떨어진다. 저 일본 군인들은 그 원수같은 태극기를 모두 내리고야 말 기세다. 우리 민족의 아이들이 밤새도록 애써서 달아 놓은 태극기를 일본 군인들은 발로 밟고 침을 뱉고 행할 수 있는 온갖 모욕을 가한 후에 우리 국토에서 피었다가 떨어진 솔잎과 함께 뭉쳐 놓고 불로 살라 버린다. 그러나 태극기의 혼들은 통곡을 발하며 아직 모친의 체내에 있는 우리 민족의 태아에게로 들어가리라. 태아에게로 들어가기 전에 우선 서울 장안의 삼십만 충의로운 우리 민족의 가슴에서 그 피를 끓이며 그 눈물을 끓이리라. 보지 못하느냐. 저 골목골목이, 또는 방안에 숨어서 엿보는 우리 민족의 소년소녀의 가슴에 자주 치는 고동, 눈에 흐르는 피 섞인 눈물, 불끈 쥔 조그마한 단단한 주먹을. 그들의 분노와 슬픔으로 끓는 피를 무엇으로 식히랴. 한번 혈관이 터져 피를 뿜는 날, 저 태극기를 내리는 무리를 나는 용서하지 않을 것이다. 그 피가 끓어 구름이 되리라. 비가 되어 저들의 섬나라를 씻어 내리라. 그 피가 끓어 붉은 불길이 되리라. 불길이 되어 태극기를 모욕하는 저들의 섬나라를 태우리라. 일본 규슈 지방부터 북쪽 끝의 천도 열도까지 모두 태워서 재로 만들어버리겠다.

우리 민족의 자녀들을 욕하고 때리고 죽인 사람들은 옛날 소돔과 고모라의 악한 사람들과 같다. 그들은 소금기둥이 되어 영원히 우리 민족의 피에 젖은 그 손을 하늘로 향하게 하여, 인류와 동물과 식물과 하늘의 별들이 그들의 악한 죄악을 영원히 잊지 않게 하리라.

봄이 한창인 음력 2월, 아침 바람에 펄럭이는 북악산 꼭대기의 큰 태극기를 일본 군인이 내리려고 움직일 때, 대한문 앞에서 우레 같은 만세 소리가 들렸다. 수천 명의 군중들이 품에서 동시에 태극기를 꺼내서 함께 만세를 부르며, 태극기는 만세 소리와 함께 물결처럼 흔들린다. 군중들이 열 번 이상 만세를 부른 뒤, 군중 중의 한 사람이 태극기를 높이 들며,

"대한 동포여! 여러분은 10년 동안 노예로 살다가, 이제 자유로운 사람이 되었습니다. 일본 사람들이 우리의 태극기를 내리려고 하지만, 우리 마음 속에는 수많은 태극기가 있지 않습니까?

일본 사람들은 만세를 부르며 자유를 외치는 사람들을 잡아가고 죽이고 있습니다. 그러나 우리 민족에게는 2천만의 입과

수많은 목소리가 있지 않습니까? 일본 사람들이 우리의 태극기를 내리더라도, 우리 마음 속에 무한한 태극기를 만들어 답시다. 일본 사람들이 우리를 죽이더라도, 우리 2천만 민족의 목소리를 모아 힘차게 만세를 부릅시다.

대한 동포여! 목숨이 그렇게 아깝습니까? 노예로라도 그렇게 살아야 하겠습니까? 동포여, 노예로 살아가는 것보다는 차라리 죽어서 자유의 영혼이 됩시다. 동포여, 만약 우리가 대한의 독립과 자유를 위해 목숨을 바칠 결심을 했다면, 이제 모두 함께 대한 독립만세를 부릅시다."

연설을 마친 청년이 눈물을 흘리며 태극기를 흔드니, 군중들도 모두 함께 "대한독립 만세!"를 부른다. 처음에는 작은 소리였지만, 그 소리는 점점 커져서 마침내 모두가 한 목소리로 외친다. 그 소리를 듣고 일본인 군인과 경찰들이 달려와서 만세를 부르는 군중을 공격하기 시작한다. (1919. 09. 13.)

8

일본 군인들이 공격해 오자, 군중 속의 한 사람이 소리를 높여 "우리는 가만히 있읍시다. 일본 군인에게 저항도 하지 말고,

피하여 도망가지도 말아야 합니다."라고 말을 마치고 두 팔을 들어서 만세를 부르니, 다른 사람들도 일제히 더욱 힘을 내어 큰 소리로 "만세"를 계속하여 부른다.

그러는 동안 일본인 순사와 헌병들은 칼을 뽑아들고 마치 풀 속에 숨어있던 독사를 죽이듯이 만세를 부르는 군중들을 습격하여 죽인다. 군중들이 다리나 어깨에 피를 흘리며 쓰러진다. 평상복을 입은 사람들도 일본 병사들의 몽둥이에 머리를 맞아 쓰러지는 사람, 총을 쥐고 있던 일본 병사들의 손에 뺨이 터져 쓰러지는 사람, 일본 병사들이 함부로 휘두르는 칼에 손가락이 잘려나가는 사람, 먼지가 하얗게 날리고 창검이 햇빛에 반짝이는 가운데, 황색 복장의 키가 작은 일병들이 지나가는 곳에 많은 군중들이 피를 흘리며 쓰러지며, 만세 소리가 여기저기서 일어난다.

큰 만세 소리가 들리는 군중 속에서 대략 17~18세 정도로 보이는 여학생이 왼쪽 팔에서 흐르는 피를 공중에 뿌리며 태극기를 들어 "대한독립 만세!"를 부른다. 여학생의 하얀 저고리와 치마에는 무섭게 피가 흘러내렸다. 일본인 병사의 손에 잡혔던 머리채가 풀어졌고, 가슴과 귀 밑으로 피가 흘러내렸다. 그 여학생은 두 팔을 높이 들어 태극기를 휘두르며 "대한 동포 여러분! 총과 칼이 우리의 육체를 죽일지는 모르지만, 우리의 정신은 죽이지 못할 것입니다. 만약 우리가 죽는다면 귀신이 되어서라도 대한독립의 만세를 부를 것입니다."

이렇게 외칠 때에 긴 칼이 번뜩이자 태극기를 들고 있던 여학생의 오른쪽 손목이 땅에 떨어졌다. 그리고 그 손목에서 피아 솟아나와 주위에 있던 그녀의 형제들의 옷을 피로 적신다. 단 몇 초 동안에 일어난 이 일에, 군중들은 전기를 맞은 것처럼 충격과 충동을 받아 피가 끓어오른다. 여학생은 남은 팔도 칼에 찍혀 피가 묻었는데, 그 팔을 들어보이며 "동포 여러분, 억울하고 원통한 마음을 참고, 대한독립 만세를 부릅시다."

말을 마치는데 또 한 번 칼이 번뜩이며 여학생의 왼쪽 팔이 피묻은 저고리 소매와 함께 땅에 떨어질 때에, 여학생은 팔에 묻은 피를 일본 헌병의 얼굴에 뿌리며 거꾸러진다.

이를 본 군중 속에 두루마기 벗은 한 청년이 나는 듯이 뛰어나와 피 묻은 일본 헌병의 이마를 쇠뭉치같이 굳센 주먹으로 치고, 가슴을 발로 차서 거꾸러뜨린다.

일본 헌병은 "살려주오." 하는 소리를 낸다. 청년은 헌병의 군도를 빼앗아 그의 목을 겨누며 "이 짐승 놈아. 개 같은 네 목숨을 남겨 둠은 공약삼장의 정신을 위함이다." 하고 무릎을 굽혀 여학생의 피가 묻은 군도를 부러뜨린다.

이때에 일본인 병사들이 군도를 들고 청년에게 모여든다. 처음에는 군도에 어깨가 찔리고, 다음에는 왼쪽 귀, 다음에는 왼쪽 다리, 다음에는 왼쪽 옆구리, 마지막에는 모자 끈을 맨 일본 순사의 칼에 왼쪽 어깨에서부터 폐에 이르도록 베어져 거꾸러진다.

"만세, 자유만세!" 하는 그의 입은 피바다를 뿜는다. 그 일본 순사는 청년의 가슴 위에 올라서서 되는대로 청년을 마구 찌르며 살해한다.

이러는 동안 군중은 총과 창에 찔려 사방으로 흩어진다. 일본인 병사들이 삼삼오오 그 뒤를 따라 돌격하며 추격한다. 이 참담한 과정을 나와 같이 서투른 글솜씨로 어찌 다 기록하랴. 기록할 수 있다해도 가슴이 터질듯이 아프고, 눈물이 앞을 가려 어찌 차마 더 쓸 수 있겠는가. (1919. 09. 18.)

9

청년의 가슴에 올라서서 칼로 그 신체를 마구 찌르던 일본 천황폐하의 순사는 청년이 완전히 죽은 줄 알고 또다시 분노한 군중을 향하여 청년의 뜨거운 피가 묻은 칼을 마구 휘두른다. 그의 구두와 바지에는 청년의 피가 흐르고 그의 눈은 마치 독사와 같이 되었다. 이 독사는 독사의 혀와 같이 붉게 피 묻은 칼을 내휘둘러서 단상 앞으로 도망치는 여학생의 무리를 따라가 해치고 말았다. 실로 인류의 역사에 두 번 보지 못할 참혹한 광경이다.

덕수궁 동편 망루 모퉁이로부터 남녀학생 한 무리가 뛰어나와 두 사람의 시체 곁에 둘러섰다. 사람은 다 흩어지고 흰 칠한 대한문 앞마당 복판에는 서너 걸음을 사이에 두고 팔 찍힌 여학생과 난도질 당한 청년이 누웠고 그 주위에는 무수한 태극기와 피 묻은 살과 흙덩어리가 처참하고 어지럽다. 학생들은 허리를 굽혀 죽은 사람의 얼굴을 보았다. 여학생 중에 한 사람인 팔 찍힌 여자는 어제 순사에게 욕을 볼뻔하다가 윤섭에게 구원받은 정희다. 그러나 청년이 누구인지는 알 수 없다. 여섯 학생 중에 한 사람이 재빨리 시체의 가슴을 펼치고 심장에 귀를 대더니 아직 두 사람 모두 살아있다고 말한다. 사람들은 수건과 치마를 찢어 상처에 감싸묶고 빨간 옷으로 들것을 만들어 부상당한 두 사람을 싣고 남녀학생이 간호병이 되어 남대문으로 향하였다. 이 광경을 보고 섰던 정동파출소 순사가 뛰어나와 길을 막으며

"그게 뭐냐, 내려놓아라."

"죽어가는 사람이오."

"좀 검사를 해야 할 테니 내려놓으라면 내려놓아."

하고 여학생을 담은 들것에 손을 대려 할 때에 그 들것을 들

었던 여학생이 손을 들어 순사 보조의 뺨을 부쳐대며 울부짖는 목소리로 "이놈아, 이 짐승 같은 놈아, 이 개 같은 놈아." 하고 또 한 번 뺨을 부친다. 순사 보조는 두어 걸음 물러서서 파출소에 있는 순사만 바라본다. 순사는 두어 걸음 뛰어오더니 우뚝 서며 순사 보조를 부른다. 두 사람을 실은 들것은 벌써 수십 걸음을 나아갔다. 두어 번 더 순사와 순사 보조와 만나 저지당했으나 가까스로 물리치고 남대문파출소 앞에 다달았다. 그러나 일본 헌병의 저지를 뚫지 못하고 마침내 들것을 내려놓을 수밖에 없다. 거기서 헌병과 학생들 간에 이러한 말이 오갔다.

"그게 무엇이냐?"

"당신네들 칼에 찔려 죽어가는 사람이오."

"조금 검사를 할 터이니, 가까이 와라."

"피를 너무 많이 흘려서 생명이 위독하니 검사하려거든 병원으로 오시오."

"무슨 잔소리냐."

하고 두 사람의 옷고름을 끄르고 두루두루 만져보기를 오 분 이상 하다가

"제중원으로 가지 말고 본국이 운영하는 병원으로 가라." 하는 것을 여학생들은 울고 남학생들은 항의하여 겨우 제중원으로 가는 것을 허락받는다. (1919. 09. 20.)

10

그날 박암의 계획대로 거의 성공한다. 그 증거는 제중원이 시위에 참가했다 부상당한 환자로 가득 찬 것이다. 병실은 물론이요, 침대를 놓을 만한 데는 빈틈없이 피투성이 된 환자로 찼으며 지하실과 진찰실에까지도 가득찼다. 문을 열고 본관에 들어서면 피비린내와 소독약 냄새가 코를 받친다. 두개골이 깨진 자, 총검에 눈이 찔린 자, 옆구리가 갈라져서 창자가 튀어나온 사람, 한 편 손이 없는 사람, 한 편 귀가 없는 사람, 손가락이 떨어진 사람, 한 편 뺨에 구멍이 뚫린 사람, 노인, 어린아이, 여학생, 노동자, 이백 명 가까운 환자는 다 만세 부른 죄로 일본 사람에게 이렇게 지독히 당한 사람들이다. 혹 가족인 듯한 부인네가 정신 못 차리는 환자의 곁에서 통곡하기도 하고, 혹 정신없이 독립 만세를 부르는 환자도 있다. 마치 전쟁터의 병원같다. 의사와 간호사들은 흰 수술복에 피를 둘러쓰고 바쁘게 움직인다. 서양 사람들이 사진기를 들고 왔다갔다하며, 서양 여자들은 한 손으로 치맛자락을 들고 소리 안 나게 부상자들 사이로 다니면서 머리도 만져보고 얼굴도 살펴보며 자기네끼리 소곤소곤 이야기도 한다. 아마 그들은 문명한 세계에서 다시 보지 못할 광경을 자세하게 기억해 두려는 듯 하다.

이윽고 문밖에 사람들이 두런거리는 소리를 내며 들것이 들어온다. 대한문에서 오는 것이다. 마침 손에 약병을 들었던 키 작달막한 간호사가 앞선 들것 위에 누운 청년의 시체를 보고 악소리를 치며 약병을 떨어뜨리고 쓰러진다. 사람들은 악을 쓸 만한 일이 생긴줄 알긴 했으나 잠깐 양미간을 찌푸릴 뿐으로 들것을 들어다가 약국 마루에 가지런히 내려놓았다. 사진기 든 서양 사람도 들것에 누운 두 사람을 보고 차마 필름을 갈아 끼울 생각도 없는 듯이 슬프고 침울하게 수건으로 눈물 씻으며 고개를 숙인다. 너무 많은 참혹한 부상자를 보아서 신경이 둔해진 간호사들도 어찌할 줄을 모르고 눈물을 흘린다. 아까 쓰러지던 간호사는 동료가 만류하는 것도 듣지 않고 비비고 들어와 청년의 옷고름을 끄르고 가슴에 귀를 대어 보더니 그의 얼굴을 피 묻은 가슴에 대고 소리내어 운다. 어떤 젊은 서양의사가 들어와 겨우 그를 떼어 놓고 심장을 청진하더니, 조금 고개를 기울이며 팔 찍힌 여자는 꿈에서 깨어나듯이 눈을 뜨더니 "여러분, 어찌하여 가만히 섰기만 합니까. 어찌하여 목이 터지도록 대한독립 만세를 아니 부릅니까." 하고 자기 먼저 만세를 부르려 할 때, 두 팔을 들려고 하는 것인지 십센치 남짓 남은 두 팔이 한 번 들먹하더니 그만 눈을 감는다. 섰던 사람들은 불쌍한 처녀의 외침에 따라 만세를 부르기 시작한다. 처녀는 무슨 말을 하려는 듯이 입술이 방싯방싯 하더니 방그레 웃는 듯하고 만다.

울던 간호사는 정신을 차려 품속에서 작은 태극기를 꺼내어 말없이 청년의 가슴 위에 놓았다. 태극기는 청년의 피에 천천히 젖어들어 온다. 일동은 간호사와 함께 울었다.

지켜보던 사람들의 경악과 슬픔으로 분노했던 마음을 가라앉히고 들것을 들고 온 학생들이 말하는 대한문사건의 자초지종을 들었다. 서양 사람들은 수첩을 꺼내 두 사람의 성명을 기록하고 사진 몇 장을 찍는다. 평화를 즐기는 세계 사람들에게 한국 소녀의 슬픔을 전하기 위하여. (1919. 09. 23.)

11

공덕리 공동묘지에는 같은 시간에 두 사람의 장례가 치려졌다.

아무 장식도 없는 상여는 새싹이 움트기 시작한 마른 잔디판에 가지런히 놓여 음력 이월 석양 찬바람에 깃발을 펄럭거리면서 죽은 사람을 묻을 구덩이가 완성되기를 기다린다. 청년들은 죽은 사람의 생전 이야기와 그 죽음의 참혹함에 대한 이야기도 거의 다 하여 하염없이 울며 구덩이에 쌓이는 불그레한 황토만 물끄러미 보고 있다. 어떤 이는 관을 내리기 전의 무료함을 달

래려 함인지 새로운 무덤의 비문을 보며 돌아다니고 여학생들은 추운 듯이 몸을 움츠리고 먼 길 떠나는 친구의 관 곁에 모여 앉아서 코를 풀며 무슨 이야기를 소근거린다. 관을 묻을 구덩이를 파는 상투 끝에 수건을 동인 중늙은이들은 아무 감동도 없는 듯이 이따금 호미 잡은 팔로 이마의 땀을 씻으면서 혹 가늘게 노래도 중얼거린다. 오직 제중원에서 기절하던 간호사와 대한문에서 팔을 찍힌 정희의 어머니, 각각 자기의 사랑하던 딸과 오라비를 잃은 두 사람만이 관 곁에 앉아서 부어터진 눈으로 아직도 눈물을 흘린다.

그 청년은 제중원에 온 지 한 시간 후에 죽고 그 처녀도 피를 너무 많이 흘려 마지막번 만세와 미소를 세상에 남겨두고, 사랑하던 동무의 품에 안겨, 다 보지도 못한 세상을 떠나고 말았다. 그래서 이 두 어린 용사를 국장으로는 장례를 치르지 못하더라도 살아남은 동지들이 정성을 모아 독립청년단의 단장으로 장례를 치르기로 하였다. 단원도 다 죽고 상하고 잡혀가고 흩어지고 남은 자가 남녀 합하여 불과 이십여 명이다. 여자들은 수의를 만들고 남자들은 상여를 준비하며 장례를 준비한다.

이윽고 구덩이를 파던 중늙은이가

"아이고 허리야, 다 되었습니다."

하고 담뱃대에 담배를 담는다. 이 말은 적잖이 진정되었던 일

동에게 새로운 충격을 주었다.

"하관할 준비가 되었다."

하는 말에 일동은 몸에 소름이 끼치며 눈물그린 눈빛들이 두 개 상여로 향하였다. 차차 석양 바람이 더 강하게 되어 당목 천으로 만든 상여 행렬 앞에서 드는 깃발이 찢어질 듯이 바람을 품어 마치 순풍 맞은 흰 돛 모양으로 두 사람의 날쌘 용사의 유해를 하늘로 끌어 올리려는 것 같다. 청년들은 일어나 붉은 옷자락을 허리에 잡아 두르고 당목 깃발과 털가죽으로 만든 휘장을 차례차례 푼다. 옻칠한 두 개 관이 푸른 하늘 밑에 뚜렷이 드러날 때 어머니와 누이는 목을 놓아 운다. 여학생들도 치맛자락으로 얼굴을 가리고 무명베 줄에 들려가는 관을 따라간다. 청년의 관이 먼저 하관되고 다음에 처녀의 관이 하관되었다. 양 무덤은 불과 오륙보 거리에 있다. 시체의 관 위를 덮는 널빤지가 덮히고 주먹같은 흙덩어리가 덩덩 소리를 내며 떨어질 때에 통곡소리는 더욱 높아진다. 그 가운데에서는 이러한 눈물 섞인 기도가 들린다.

「하나님, 어린 두 동생의 영혼을 받아 주시옵고 괴로운 세상에 남은 부모와 형제의 슬픔을 위로하여 주시옵소서. 하나님, 언제까지나 저희 귀해하는 동생들은 원수의 검 밑에 두시려나이까. 다음번 봄바람에는 불쌍한 두 동생의 무덤을 꽃으로 꾸미고 그들이 위해 죽은 독립을 얻었음을 알리게 하소서, 아멘.」

이날 밤에 공동묘지에서 만세 소리가 나다. (1919. 09. 27.)

만가

심 훈

굶은 비 줄줄이 내리는 황혼의 거리를
우리들은 동지의 관을 메고 나간다.
수의壽衣도 명정銘旌도 세우지 못하고
수의조차 못 입힌 시체를 어깨에 얹고
엊그제 떠메어 내오던 옥문獄門을 지나
철벅철벅 말 없이 무학재를 넘는다.

비는 퍼붓듯 쏟아지고 날은 더욱 저물어
가등街燈은 귀화鬼火같이 껌벅이는데
동지들은 옷을 벗어 관 위에 덮는다.
평생을 헐벗던 알몸이 추울 성 싶어
얇다란 널조각에 비가 새들지나 않을까 하여
단거리 옷을 벗어 겹겹이 덮어 준다.

동지同志들은 여전如前히 입술을 깨물고
고개를 숙인 채 저벅저벅 걸어간다.
친척親戚도 애인愛人도 따르는 이 없어도
저승길까지 지긋지긋 미행이 붙어서
조가弔歌도 부르지 못하는 산 송장들은
관棺을 메고 철벅철벅 무학재를 넘는다

1927. 9.

깊이 읽기

1. 아래 내용을 참고하여 '정희와 윤섭'의 욕망은 무엇인지 이유와 함께 써 보세요.

> 인정욕망 : 다른 사람에게 인정받으려는 욕망
> 평화욕망 : 평화롭고 화목한 세상을 추구하는 욕망
> 의미욕망 : 삶을 의미있고 가치있게 살고자 하여 바람직한 삶을 추구하려는 욕망

2. 이 소설에서 인상적인 장면을 선정하고, 그 이유를 써 봅시다.

3. 이 소설이 독자에게 전달하려는 메시지는 무엇인가요?

4. 친일 청산이 되지 않은 오늘날 대한민국의 상황을 보고, 죽은 '정희와 윤섭'이
   우리에게 전할 말을 상상하여 써 봅시다.

▲ 〈상하이독립신문〉 창간호 4면에 실려 있는 「피눈물」 첫 회

임시정부 기관지 상하이 독립신문에 연재된 「피눈물」

'피눈물'이라는 소설은 일제 강점기 『독립신문』이라는 신문의 상해판 창간호부터 14호까지 11번에 걸쳐서 '문예란'에 연재되었어요. 이 소설을 쓴 사람이 누구인지는 아직 확실히 알려지지 않았어요. 하지만 이 소설이 신문이 처음 나올 때부터 실렸다는 것을 보면, 아마 신문을 만든 사람이 소설도 같이 쓴 것 같아요.

호랑이보다 더 무서웠던 일제 강점기의 순사들

1910년에 일본이 우리나라를 강제로 합병한 후, 일본은 '헌병경찰제'라는 제도를 만들어 우리나라 사람들을 통제하고, 가혹하게 처벌했어요. 그래서 일제 강점기에 우리나라 사람들은 일본의 식민지 경찰을 정말 싫어했어요. 왜냐하면 일본 경찰은 독립 운동을 하는 사람들뿐만 아니라 일상생활까지 감시하고 때려서 많은 사람들에게 피해를 주었기 때문이에요.

▼ 조선인으로 변장한 일본 순사가 항일의병장 이용권(가운데)을 체포한 뒤 찍은 사진. '순사'는 일본 경찰 계급의 최말단 계급이다. 처음에는 일본인들만 채용하다가 점차 조선인들 가운데에서도 모집했다.(1935년 모집 경쟁률 19.6대 1)

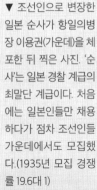

아주 예전에는 아이들이 울거나 짜증을 내면 "호랑이 온다"나 "곶감 줄게, 울지 마"라고 말하며 아이들을 달랬어요. 하지만 일제 강점기에 들어서면서 이런 말들이 "순사 온다"로 바뀌었어요. '순사'는 일제의 경찰을 가리키는 말이에요.

비폭력 평화정신의 실천 3·1 운동

3·1 운동은 일본의 강제 통치에 대한 민족의 저항으로 일어난 거예요. 1910년대에 일본은 우리나라를 정치적으로 억압하고, 경제적으로 약탈했어요. 이 때문에 우리나라 사람들은 일본에 대한 분노가 커졌어요.

제1차 세계 대전이 끝나고 나서, 미국 대통령 윌슨의 14개조 평화 원칙 중 '민족 자결주의 원칙'에 영향을 받아 약소국도 독립을 할 수 있다는 생각으로 우리도 독립선언을 하게 되었어요. 일본 유학생들의 2·8 독립선언을 시작으로 고종 황제가 갑작스럽게 돌아가신 것이 도화선이 되어 1919년 3월 1일에 '독립 만세'를 외치며 일본에 대항하는 시위를 했어요.

3·1 운동의 정신이자 토대가 된 독립선언서의 대원칙은 '1.평화적이고 온건하며 감정에 흐르지 않을 것, 2.동양의 평화를 위해 조선의 독립이 필요함을 알리며 3.민족자결과 자주독립의 전통정신을 바탕으로 정의와 인도에 입각한 운동을 강조한다'는 것이에요. 실제로 이 같은 독립선언서의 내용을 바탕으로 일어난 3·1 운동은 '민주주의', '평화', '비폭력 정신'이 빛난 독립운동으로 평가받는답니다. 소설 속 윤섭과 정희를 비롯한 학생들이 시위 현장에서 보여 준 평화적인 대응 태도에서도 이런 모습들을 엿볼 수 있지요.

▼ 1919년 3월 13일 전의장터 만세 운동 기록화. 조희성 作

▲ 1919년 3월 5일 서울 시위를 주도한 학생대표 김원벽(위)과 강기덕

독립선언서의 공약삼장

하나, 오늘 우리의 거사는 정의, 인도, 생존, 존영을 위하는 민족적 요구이니 오직 자유적 정신을 발휘할 것이오, 결코 배타적 감정으로 그에 벗어난 행동을 하지 말라.

하나, 마지막 한 사람까지 민족의 정당한 의사를 시원히 발표하라.

하나, 모든 행동은 가장 질서를 존중하여 우리의 주장과 태도로 하여금 어디까지든지 떳떳하고 정당하게 하라.

「피눈물」의 실제 모티브가 있다고요?

독자적으로 독립 운동을 추진하던 서울의 전문학교 학생들은 함께하자는 민족대표 측의 요청을 받아들여 3월 1일의 독립 만세 시위운동을 시작으로, 3월 5일에 학생단이 제2의 독립 만세 시위운동을 벌이기로 했어요. 3월 5일 오전 9시 남대문역 앞에는 3월 3일 고종 황제의 국장에 참관했다 귀향하는 지방 인사들과 시민 학생들 수만 명이 모였어요. 연희전문학교 김원벽과 보성법률상업학교 강기덕이 각기 인력거를 타고 '조선독립'이라고 크게 쓴 깃발을 흔들며 군중을 이끌고 남대문 방면으로 향했어요. 군중 속에서는 「조선독립신문」이 뿌려졌지요. 시위대가 남대문 부근까지 진출하자 경찰대가 강력히 저지하여 지휘자인 김원벽과 강기덕 등이 붙잡혀 갔지만 경찰 저지선을 돌파한 시위대는 "대한독립 만세!"를 소리 높여 부르며 대대적인

평화 시위를 감행하였어요. 조선
은행 앞을 지나 보신각 부근에 이
르러서는 경찰대의 야만적인 탄
압으로 해산하게 되었어요. 만세
시위에 참가한 여학생의 팔을 자
르는 등 일제의 잔혹한 탄압 실상
을 알려주는 보도 그림을 보면 일
제가 얼마나 잔인하게 대응했는
지 알 수 있지요. 이후 학생들은

▲ 3·1 운동 만세를 부르다 팔이 잘리는 광경을 그
린 대한인국민회 기관지 <신한민보> 보도자료

독립운동의 새로운 주도 세력으로 등장했으며, 이후 국내
독립운동에서 주역으로 활동하게 되었답니다.

소설과 함께 볼만한 영화 <항거>

1919년 3월 1일에 서울 종로에서 시작된 만세 운동을 이
끈 유관순의 이야기를 담고 있어요. 유관순은 그 후에 고
향인 충남 천안 아우내 장터에서도 만세 운동을 주도했
죠. 영화는 그녀가 서대문 감옥 8호실이라는 아주 작은 방
에서 1년 동안 갇혀 있던 시간에 대한 이야기를 그리고 있
어요. 어린 나이지만 굳은 신념을 가지고 살았던 그녀를 보
면 소설 속 인물들의 모습이 생생하게 그려질 거예요.

▲ 2019년 2월 개봉한
한국 영화 <항거>

정의로운 약자의 영생의 길

소설 「피눈물」은 세계를 깜짝 놀라게 하고, 많은 나라에서 반제국주의와 싸우는 투쟁에 불을 당긴 3·1 운동의 중요한 순간을 다루고 있습니다. 이 소설은 윤섭과 정희라는 인물의 활약을 통해 그 당시 우리 민족이 얼마나 용감하게 싸웠는지를 보여주고 있지요.

역사는 승자에 의해 써진다고 말하는 사람이 있습니다. 3·1 만세 운동이 일제에 의해 진압되었고, 윤섭과 정희를 포함해 많은 분들이 목숨을 잃었으니 실패했다고 생각할 수도 있습니다. 그런데 그들이 한 싸움이 정말 패배로 끝나고 말았을까요? 이육사 시인은 「광야」에서 이렇게 노래했습니다.

지금 눈 나리고
매화 향기 홀로 아득하니
내 여기 가난한 노래의 씨를 뿌려라.

다시 천고 뒤에
백마 타고 오는 초인이 있어
이 광야에서 목놓아 부르게 하리라.

윤섭과 정희가 용감하게 싸우다가 목숨을 잃었지만 그들이 외쳤던 만세 소리는 나중에 시인이 독립을 위해 노래를 부르게 하는 씨앗이 되었다고 할 수 있습니다. 그리고 윤섭과 정희처럼 목숨을 바친 많은 분들 덕분에 상해에서 임시정부가 세워지는 큰 힘을 얻게 되었어요. 이 소설은 〈독립신문〉에 실려서 많은 사람들이 독립운동에 힘을 내도록 도왔고, 중국과 인도에서도 큰 변화를 일으키는 데 영향을 주었습니다. 대한민국이 상해 임시정부를 이어받아 만들어진 나라라는 걸 생각하면, 이들이 싸운 것은 결코 실패한 것이 아닙니다. 아무리 어려운 싸움이었어도 그 정의로운 마음은 오랜 시간 동안 계속해서 기억되고 많은 이들에게 영감을 주기 때문에 '영생을 얻은 것'이라 할 수 있습니다.

어려운 시기에 사람들은 자기 방식대로 행동합니다. 약삭빠르고 양심 없는 기회주의자는 잘못을 깨닫지 못하고 남의 힘을 빌려 자기 자리를 지키려 하고, 몇몇은 싸움을 포기하거나 억지로 나쁜 일에 협력하기도 합니다. 그런 사람들은 결국 변명만 하고 후손들에게 결코 자랑이 되지 못할 것입니다. 나중에는 정말로 바르게 싸우던 사람들 앞에서 점점 잊혀 갈 것입니다.

우리 주변에도 윤섭과 정희처럼 세상을 더 나은 곳으로 만들려는 사람들이 많습니다. 우리 주변에서 정의로운 약자들이 어떻게 투쟁하고 있는지 찾아봅시다. 평화롭고 안전한 세상, 따돌림 없는 공평한 곳을 만들기 위해 노력하는 이들을 찾아보고, 우리도 그런 가치를 위해 무엇을 할 수 있는지 생각해 봅시다.

읽기 전에 생각해 봐요

일제 강점기, 애국자들은 각자의 분야에서 다양한 방법으로 독립운동을 펼쳤습니다. 그런데 애국의 마음으로 친일을 선택했다면, 우리는 그의 선택을 지지할 수 있을까요? 이 소설에서는 나라를 사랑하는 마음에 친일을 선택한 지식인이 등장합니다. 그가 일본 제국주의의 폭력에 대응하는 태도를 살펴보고, 우리는 그와 비슷한 상황에서 어떤 선택을 해야 하는지 생각해 봅시다.

반역자

김동인(1900-1951)　　　　　친일인명사전에 등재된 친일 문학가이자 소설가, 문학
평론가입니다. 대표작으로는 「배따라기」, 「광염소나타」, 「감자」 등이 있습니다.

평안도 출신 선비들은 재능이 있음에도 불구하고, 사회적으로 인정받지 못하고 평범한 삶을 살아야 했다. 왜냐하면 평안도 사람들에 대한 당시 조선 사회의 차별적인 태도 때문이었다.

오이배는 타고난 재능이 있어서, 근처 마을에서 '신동'이라는 소문이 자자했다. 실용성이 부족하여 실질적인 이익을 가져다주기 어려운 재주, 기껏해야 시골 선비 정도의 지위밖에 얻지 못하는 재주, 그 재주를 너무 부리다가는 그의 재능이 오히려 해가 될 수 있는 재주, 그러나 그 재능은 하늘이 내린 것이었기 때문에, 오이배는 그것을 포기할 수도, 다른 사람에게 물려줄 수도 없었다.

대대로 선비 집안이었던 그 가문은 시골에서 매우 깊고 철저

한 선비 정신을 지켜왔다. 하지만 재산도 없고 산업에 대한 지식도 없이 그저 '점잖음'만을 지키고 있다 보니, 재산이 점점 줄어들어 결국 이배 아버지 때에는 파산을 하게 되었다.

대대로 이어온 선비 정신을 지키려 했지만, 현실적인 어려움을 겪으면서도 '점잖음'만을 지키고 있어 살림살이가 어려운 상황이 되었다.

불행한 신동 이배는 열한 살 때 부모님이 갑자기 세상을 떠나는 큰 시련을 겪었다. 당시 전국을 휩쓴 전염병 '콜레라'로 인해 부모님이 돌아가신 것이다.

이배의 가문은 여러 대를 이 동네에 살았지만, 자손이 번성하지 못해, 의지할 가족이나 친척이 없었다. 이렇게 외로운 상황에서는 가족이나 친척의 도움을 받을 수 있다면 힘이 되기도 하고, 믿고 의지할 수도 있지만, 친척이 전혀 없는 오씨 집안에서 부모님이 한꺼번에 세상을 떠나서, 넓은 세상에 이배 혼자만 덩그러니 남았다. 겨우 열한 살 코흘리개 소년이. 그래도 오랫동안 이 동네에 살았고, 동네의 인심도 남아 있었기 때문에, 동네의 동정심이 자연스럽게 이배에게 부어졌다. 이배의 가문은 선비이고, 동네 사람들은 모두가 이름 없는 농부들이었기 때문에, 동네 사람들과 쉽게 교류하기 어려웠다. 그래서 동네 사람들이 이배에게 동정심을 마음껏 표현하기도 어려웠다.

동네 사람들의 도움을 받아서 이배는 부모님의 장례를 함께 치렀다. 하지만 상여를 따르는 상주는 어린 소년 한 명뿐이었고, 동네 사람 서너명이 함께 묘지까지 갔으나, 쓸쓸한 상여를 모시고 가는 소년 상주의 눈에서는 눈물이 샘솟듯 계속 흘러내렸다.

*

이 세상에 단 혼자 남은 이배.

부모님 장례를 치르고 집에 돌아오니, 오막살이에서 마주한 것은 개 한 마리뿐이었다. 아버지, 어머니와 이배 단 셋이 살던 쓸쓸한 오막살이에 부모님마저 세상을 떠나고 나니 이제는 이배 혼자만 남게 되었다. 밖에는 사람들이 오가는 소리가 들리지만 이배에게는 그것이 모두 꿈결같이 느껴졌고 이제 자신만이 이 넓은 세상에 홀로 남은 유일한 사람인 것 같았다. 한심하고 기막힌 상황에 처해 그는 며칠 동안 밥도 짓지 않고 먹지도 않은 채 집 안에 누워만 있었다.

오막살이에 인기척이 전혀 없어서 동네 할머니가 걱정스럽게 살펴보다가 며칠째 굶어 거의 죽게 되어 정신을 잃을 지경인

이배를 발견했다. 만약 할머니가 발견하지 못했다면 이배도 부모님을 따라 세상을 떠났을 것이다. "아이고, 이게 무슨 일이내. 정신 차리렴." 할머니가 걱정스럽게 말했다.

*

이배는 할머니의 정성스러운 간호 덕분에 다시 살아났다. 며칠 후, 이배는 동네에서 150리 떨어진 곳에 있는 T학교를 목표로 삼아 자신의 고향을 떠났다.

T학교는 산골에 위치해 있었지만 조선에 유명한 학교로 알려져 있었다. 이 학교의 설립자가 유명한 애국지사였다. 신학문과 애국심을 소년들의 마음에 뿌려주기 위해 세운 학교였다.

이배는 몇 가지 옷을 넣은 작은 가방을 들고 학교에 도착했다. 그러나 그는 의지할 곳도, 믿을 만한 사람도 없는 소년이라, 어떻게 해야 할지 망설이며 학교 문밖에서 배회하다가 그 학교 교장에게 발견되었다.

교장은 전국적으로 유명한 선각자이자 애국지사로서, 학교 설립자의 뜻을 이어받아 장차 자랄 어린 싹에게 좋은 교훈을 주고자 일부러 이 시골의 학교장으로 와 있는 사람이었다. 교장은 이배의 슬기로움을 알아보았다. 그래서 이 소년을 장차 나라의 큰 인물로 키우고자 그를 자신의 집으로 데려가서 잔심부름을 시키며 교육과 관련된 모든 책임을 맡았다.

이배는 구학문에서 뛰어난 재능을 보였을 뿐만 아니라, 신학문에서도 천부적인 재능을 발휘했다. 이 학교에 오고싶어서 전국에서 모여든 수재들 가운데서도 이배는 가장 뛰어난 성적을 거두었다. 이배는 농촌의 선비 집안에서 신동으로 태어나서 동양 전통의 윤리를 배웠고 이것이 학문의 핵심이라고 생각했었지만, 이 학교에서 비로소 놀라운 지식 분야에 처음 발을 들여놓았다.

이배는 이 학교에서 '청국'이라는 나라가 있다는 것을 처음 알게 되었다. 그리고 이 나라가 본래 '하우씨의 직계로서 만국을 다스리고 있다'는 사실을 알게 되었다. 이쯤밖에 모르던 이배는 여기서 비로소 '한국'이라는 나라, 즉 '조선'이라는 나라가 있다는 것을 알게 되었다. '왜'로만 알고 있던 일본이 놀라운 신문화를 흡수하여 동양 전역에서 세력을 휘두르려 한다는 것을 알게 되었고, 더불어 일본이 현재 한국에 대해 어떤 야심을 품고 있는지, 이런 상황에서 한국인이 어떤 길을 걸어가야 할지 큰 과제에 직면했다는 것을 깨닫고 경악하였다.

교장은 이배 소년이 보통 사람들과는 다르게 탁월한 능력이

나 재능이 있음을 크게 평가하여, '이런 재능에다가 민족관념을 바르게 지도하면 나라에 유용한 인물이 되리라'라는 기대를 하며 이배 소년을 열심히 가르쳤다. 이 학교에서 배운지 1년 후, 이배 소년은 학문적으로 교사와 어깨를 나란히 할 만큼 발전했다. 애국사상에 있어서는 이 학교에서 교장에 버금가는 사상가로 변하였다. 이배 소년은 학교를 무사히 졸업했다. 그리고 졸업 이후 더 높은 학교에 진학하고 싶어 했다. 그러나 이배를 유난히 사랑하고 촉망하던 교장이 그의 진학을 허락하지 않았다.

"그 사람이 더 높은 학교에서 공부하는 것은 좋은 일이지만, 지금 우리나라 상황상 그보다는 이 학교에 머물러 후배들을 지도하는 교원이 되어주는 것이 더 필요하고 시급해. 이 학교에 머물러 후배들을 지도하는 교원이 되어주게. 나라를 위해서든, 너 개인을 위해서든 너 같은 총명한 사람이 세계의 우수한 학문을 닦아서 나라에 이바지하면 너무 좋겠다. 국가 상황이 매우 위태로운 지금, 먼 장래보다도 당장 눈앞에 닥쳐있는 소년들을 지도할 수 있는 인재가 더 급하구나. 그러니까 좀 더 이 학교에 남아서 교원이 되어다오. 국가 상황이 매우 위태로운 지금, 먼 미래보다는 당장의 급한 일부터……."

당시 시국은 매우 혼란스러웠다. 일본은 동학당이라는 당을 장악하여 한국을 자신의 지배 아래 두려고 계획을 강화하고 있었다. 반역적인 행동을 했던 동학당은 일본의 영향력 아래에서, 한국을 일본의 지배 아래 두려고 열심히 활동하고 있었다. 이에 일본의 세력을 배격하려는 국민운동이 전국적으로 강렬하게 일어나 퍼져나가고 있었다.

대부분의 국민들은 아직도 몇 년 전과 마찬가지로 한국이라는 국가가 무엇인지 잘 모르는 상태에 있었다. 그래서 '내 나라'가 무엇이고 어떤 의미가 있는지를 모든 국민들에게 알려주는 것이 더 급하고 중요하다. 이를 위해서는 미래의 위대한 지도자보다 현재 국민들과 가까이 있는 대중적 지도자가 더 필요하다. 내 한 몸 더 훌륭한 학업을 닦고자 깊은 은혜를 입은 교장의 곁을 떠나려고 했던 이배는 교장의 말씀을 듣고 깨달음을 얻어 다시 이 학교에 남아 국민을 지도하는 역할을 맡기로 교장 앞에 맹세하고, 학교에 다시 주저앉았다.

*

운명의 힘은 막을 수 없다.

일본은 한국의 외교권을 빼앗기 위해 강제로 을사조약을 체결했다. 한국의 외교권은 동경에 있는 일본 정부가 대행하며 일본인 고문관이 한국 정부를 지도한다는 조약이었다. 한국 국민들이 크게 반발했지만, 일본의 강압에 의해 어쩔 수 없이 이 조약들을 체결해야 했고, 일본은 한국을 완전히 병합하는 한일병합조약을 체결했다.

일본은 외국에 선전하기를, 한국 황제가 자발적으로 통치권을 일본 천황에게 넘긴 것으로 무혈병합이라 하였다. 하기는 그렇다. 일본이 미리 한국의 군대를 해산시키고 무기를 빼앗았기 때문에 무기를 가지지 못한 한국인이 일본군과 싸울 수 없었다. 그러나 전국 각지에서 의병들이 일어났다. 지역의 열정적인 애국자들을 중심으로 조직된 의병은 숨겨두었던 낡은 총과 포수의 엽총으로 무장하고 일본의 병합에 반대하는 의사를 나타냈다. 끓는 피, 힘주어지는 주먹만을 무기로, 무기로 훈련된 일본의 군대를 당할 수가 도저히 없었다. 의병 자신들도 그것은 잘 알았다. 알기는 하나 일본에 대한 참을 수 없는 격렬한 분노 때문에 싸움을 포기할 수 없었다. 이것은 한국 민족의 의지를 보여주는 것이었다.

*

    소년 교원 이배는 자기보다 훨씬 나이가 많은 제자들을 교장의 뜻을 받아 민족사상을 기르기에 여념이 없었다. 이배는 자기 스스로가 몇 해 지나는 동안 교장의 지도를 받아 민족을 알고 민족을 사랑하는 마음을 느낀 뒤에, 자신의 마음이 변화된 것을 알았다. 그래서 자신의 제자들이 자신의 민족을 사랑하고 민족을 위해 살아가는 사람이 되도록 최선을 다했다.

    이배는 이 중요한 일에 종사하는 동안 자기의 애족심도 나날이 점점 더 커져가는 것을 느꼈다. 지금 그에게는 민족밖에 아무 것도 없었다. 민족문제가 가장 중요했고 민족문제와 관련이 없는 학문은 존재할 가치도 없었다. 그는 열정적이고 감격스러운 마음으로 오직 민족에 대해서만 생각하고 느꼈다. 오직 민족밖에 아무것도 없었다. 그의 모든 관심사는 애족사상에 집중되어 있었다. 사람들에게 '애족광(열렬히 민족을 사랑하는 사람)'이란 칭호를 듣도록 오직 민족문제에 빠져 있었다.

    이 열정적인 교사의 순수하고 진실한 교육 방식은 그의 학생들을 진정한 애국자로 만들었다. 이 학교 출신 학생들은 나중에 일본 관헌들이 가장 싫어하는 '요보'(일제 시대 일본인들이 조선 사람을 얕잡아 부르던 말)가 되었으며, 무슨 일이 있을 때마다 이 학교 출신

학생들은 죄 없이 일본 관헌들에게 처벌을 받았는데, 그 원인은 바로 이배가 학생들에게 심어준 애국심 때문이었다.

이 학교는 전국적으로 유명했기 때문에, 학생들이 전국 각지에서 모여들었다. 학생들이 졸업하고 고향으로 돌아가면서 이 학교의 지도 사상은 전국에 널리 퍼졌다. 동시에 교사인 오이배의 명성도 전국에 퍼지고, 그의 열정과 애국심에 감동받은 사람들이 전국 각지에 여기저기 흩어지게 되었다. 동시에 학교의 이름과 이배의 이름은 전국 애국 사상가들 사이에서 잘 알려진 존재가 되었다.

이후에 한국이 일본에 의해 지배당하게 되자, 이 학교도 폐쇄 명령을 받아 오랜 역사와 전통을 지키지 못하고 폐쇄되어 버렸다.

*

학교가 폐쇄되자 이배에게 곧 후원자가 나섰다. 이 후원자의 도움으로 이배는 일본 동경으로 유학의 길을 떠났다. 오래된 소망이었지만 제자를 키우는 것이 더 급한 일이었으므로 아직까지 이루지 못하고 있었던 바였다.

'네 칼로 너를 치리라. 네게서 배워서 너를 둘러 엎으리라.'

이러한 포부로 그는 동경으로 길을 떠났다. 그로부터 10년, 이배는 동경에서 적의 칼로 적을 찌를 마음으로 열심히 공부했다. 그는 중등학교 교원이었지만, 동경의 중학교에 입학하여 일본 어린 학생들과 책상을 나란히 함께 공부하였다. 중학교를 마친 후에는 어떤 사립대학의 정치과에 입학했다.

여전히 마음속에는 불타는 민족애의 사상을 품은 채 학업에 정진하면서 그가 가장 강렬히 느낀 바는 무한한 실망이었다. 실망에 따르는 마음의 고통이었다.

일본은 나날이 자란다. 그런데 조국 조선은 일본의 고약한 정책교육 아래 나날이 위축되어 들어간다. 조선도 자란다고 할지라도 앞서 자란 일본을 따르기 힘들고, 이렇듯 나날이 위축되어 들어가니, 일본과 조선과의 간격은 나날이 벌어져간다.

조국의 회복? 그것은 지금의 형편으로 보아서는 절대로 희망이 없었다. 이것은 이배에게 있어서는 끝없는 실망일 수밖에 없었다. 일본이 스스로 조선을 놓아 주기 전에는, 조선은 언제까지든 일본의 더부살이를 면할 날이 없을 것이다. 이배는 하숙집에서 학과공부를 복습하다가도 이 생각이 문득 나면 책을 집어 던지고 하였다. 그리고 멍하니 시간 가는 줄을 모르고 앉아 있고 하였다.

*

세계 제1차 대전이 일었다가 끝났다. 그때 미국 대통령 윌슨이 '민족자결주의'라는 간판을 내걸었다.

한국이 스스로의 힘으로 국가의 주권을 회복할 수 없고, 일본은 스스로 조선을 놓아 주지 않을 형편에서, 이 윌슨 대통령의 선언 같은 것은 조선 민족에게 있어서는 다시 잡을 수 없는 하늘에서 내려온 좋은 기회였다. 조선은 이 기회에 일본의 굴레를 벗어 보고자 세계를 향하여 '조선 독립 만세'를 외쳤다. 이배도 꿈에도 생각하지 못한 이 좋은 기회를 이용하고자 선두에 서서 만세를 외치며 국민들을 선동하였다.

그러나 일본의 실력은 너무도 강하였다. 강자의 앞에는 인류는 굴복하는 법이다. 약자인 조선이 남의 등쌀에 독립을 해보고자 시도하였으나, 강자인 일본이 승낙하지 않아서 이 사건도 흐지부지해졌다. 모든 조선의 감옥만 만세 죄인으로 가득 채워 놓고서…….

윌슨 대통령의 선언도 강자 일본에는 아무 효력을 못 보였다. 이 비통한 현실 앞에 이배는 처음에는 실망하고 다음에는 생각하였다.

'일본은 이제 세계에서 도저히 어찌할 수 없는 커다란 존재다. 조선 민족은 일본의 굴레를 도저히 벗을 수 없다. 그러면 조선 민족은 언제까지든 일본의 한 식민지 민족으로 참담한 생활을 계속하여야 하는가.'

조선 민족을 자신의 몸같이 사랑하는 이배로서는, 이것은 도저히 견딜 수 없는 노릇이다.

'한 민족이 영원히 다른 민족의 종살이를 해? 더구나 내가 가장 사랑하는 우리 민족이…… 이 불행을 벗고 행복한 민족으로 되게 할 무슨 수단은 없을까.'

*

이배는 학업을 끝내고 귀국하였다.

아픈 마음을 가지고 귀국하는 이배를 온 조선은 환영하여 맞았다. 옛날 T학교 출신들이 조선 사회 각 분야에서 중요한 자리를 차지하고 있었기 때문에, 열정적인 교사 이배를 환영하여 어떤 신문사에서는 그를 위해 부사장 겸 주필(신문사에서 행정이나 편집을 책임지는 자리) 자리를 비워두고 기다렸다.

이배는 중요한 지도자의 자리에 서게 되었다. 그러나 무엇을 지도하겠는가. 일본의 굴레는 도저히 벗을 수가 없고, 일본에 반항하기를 시도하는 것은 공연히 감옥으로 갈 사람을 늘릴 뿐이다. 이것은 도리어 민족적 불행이다.

조선 안에서 민족적 행복을 따기 위해서는, 첫째로는 조선 민족의 문화적 향상을 도모하여야 할 것이다. 물질적으로 이제 도저히 일본을 뒤따를 수 없다. 그러나 일본인이 물질문화의 발전에 주력하는 동안 조선인은 문화 향상에 전력을 다하면 문화 방면으로는 일본과 대등의 민족이 될 수도 있을 것이다.

이배는 중요한 지위를 차지하고 있었고 그의 지도력은 조선 민족 전체에 퍼져나갔으며 존경받는 지도자 이배를 조선 민족이 조용히 따랐다.

*

일본은 중국을 상대로 또 전쟁을 시작하였다.

일본은 중국을 쉽게 물리칠 것이라고 생각했지만 중국은 의외로 강하게 저항했다. 일본은 육해공 전부의 병력을 동원했지만 중국을 쉽게 물리치지 못했다. 우습게 여기고 시작했던 전쟁이 이렇게까지 되어 일본은 땀을 뻘뻘 흘리면서 싸웠다. 결국 조선에까지 도움을 요청해야 했다.

이배는 조선 민족의 행복을 위하여 이 기회를 놓치지 않았다. 일본이 이렇게 힘들게 악전고투(매우 어려운 조건을 무릅쓰고 힘을 다하여 고생스럽게 싸움)할 때에, 조선에 약간의 무력적 실력만 있더라도 일본에 대항하여 일어서면 일본의 굴레를 벗을 길이 생길는지도 모른다. 그러나, 조선의 현재 상황은 그동안 문화 방면에만 주력했던 만큼 무력적으로는 일본 군인의 고함 한마디만으로도 삼천만 조선 민족이 깜짝 놀랄 것이다. 조선이 일본에 조금이라도 협력하면 일본이 승리한 후에도 조선에 은혜와 혜택이 계속 이어질 것이다. 따라서 조선 민족의 행복을 위해서 이 기회를 놓치지 말고 일본에 협력해야 한다. 협력의 깃발이 높이 들리고 협력을 요구하는 목소리가 크게 외쳐졌다.

조선 민족은 어리둥절하였다. 지금껏 민족주의자로 깊이 믿었던 이배가 일본에 협력하자고 외칠 줄은 정말 뜻밖이므로. 그러나 이 길만이 조선 민족을 행복하게 할 유일한 길이라 깊이 믿는 이배는, 진심을 다하여 부르짖었다.

일본은 미국과 영국에까지 전쟁을 선언하였다. 만약 이 전쟁에 이기기만 하면 일본은 세계의 패자(무력이나 권력을 이용하여 천하를 다스리는 사람)가 된다. 조선이 일본에 협력하여, 전쟁의 승리자의 하나가 되면 그때 조선의 몫으로 돌아올 보상은 매우 클 것이다. 가난하고 힘없는 독립국가로 겨우 살아가는 것보다는 일본의 지

배하에 들어가 일본과 함께 승리를 누리는 것이 더 좋으리라.

이배는 일본에 대한 협력운동을 점점 더 급격화하였다. 원래부터 큰 영향력을 가지고 있던 이배라 진심을 다해 대중에게 부르짖을 때는 그 영향이 적지 않았다. 점점 조선도 진심으로 일본 전쟁에 협력하는 무리가 늘어 갔다. 이런 가운데 이배는 일본이 반드시 전쟁에서 승리할 것이라고 굳게 믿고 있었다. 그리고 일본이 승리하면 조선에도 행복이 돌아올 것이라고 기대하며 기뻐하였다.

어째서 일본이 이기겠느냐. 거기에 대해서도 독자의 대답을 가지고 있었다. 숙명적으로 일본은 패배를 모르는 나라이다. 게다가 숙명적으로 서양은 이제 쇠퇴하고 동양의 발전이 새로운 시대를 열 차례다.

전쟁도 최고조에 달했을 때에 일본의 적국 세 나라(미, 영, 중)의 대표자는 카이로에 모여서 한 가지의 선언을 하였다.

이 선언의 내용을 알게 된 이배는, 처음은 딱 숨이 막혔다. 선언에는 일본의 항복과 조선의 독립이 포함되어 있었기 때문이다. 조선의 독립에 대해서는 전혀 생각하지도 못했기 때문에 일본의 일부로서 조선 민족의 행복을 구해보려 한 것이다. 그러나 카이로 선언을 보면 일본은 이제 전쟁에서 진 모양이다. 그리고 거기 조선의 독립이 있었다.

오직 조선 민족의 행복을 위하여 오십 년간 의지를 굽히지 않고 잘 싸워왔고, 조선 민족의 행복을 위하여 일본에 협력하기를 주장하여 왔는데, 아아 조선 민족의 행복을 위해서면 무엇이든 아끼지 않는 그 노력이 오늘날 모두 반대의 결과로 나타나는가. 만약 이 카이로 선언대로 일본이 항복을 하고 조선이 일본에게서 해방이 된다 하면, 자기는 그날에는 반역자가 될 것이다.

　'그렇듯 사랑하고 그렇듯 귀히 여기던 조선의……. 내가 반역자?

　일찍이 조금도 조선을 반역할 생각을 품어 본 일이 없고, 내 생명보다도 귀히 여기던 조국 조선이어늘, 반역이란 웬 말인가. 독립되는 조국에 나는 반역자로 그 기쁨을 함께 할 권리도 없는 인생인가.'

＊

　1945년 8월 보름날 정오에, 일본 천황 히로히토가 울음 섞인 소리로 부득이 항복한다는 사실을 널리 알릴 때에, 라디오 앞에 이배도 울면서 그 방송을 듣고 있었다.

1. 오이배는 왜 변절을 하게 되었을까요?

2. 오이배의 행동과 생각 속에 자리잡은 욕망은 무엇일까요?

> 인정욕망 : 다른 사람에게 인정받으려는 욕망
> 평화욕망 : 평화롭고 화목한 세상을 추구하는 욕망
> 의미욕망 : 삶을 의미있고 가치있게 살고자 하여 바람직한 삶을 추구하려는 욕망

3. 이 소설에서 인상적인 장면을 선정하고, 그 이유를 써 봅시다.

4. 이 소설이 독자에게 전달하려는 메시지는 무엇인가요?

5. 오이배가 변절하지 않았다면 소설의 뒷이야기는 어떻게 바뀌었을까요?

동학당

동학은 1860년(철종 11년)에 최제우라는 사람이 시작한 사상이에요. 그런데 정부는 이 사상이 사람들의 마음을 혼란스럽게 한다고 생각해서 최제우를 처벌했어요. 그래서 최제우 대신에 최시형이 동학의 리더가 되었고, 그 다음에는 손병희와 전봉준이 중심이 되어 동학운동을 이끌었어요.

동학 사람들은 모든 사람이 평등하게 살 수 있는 세상을 소망하며, 나쁜 벼슬아치들을 쫓아내는 일을 했어요. 그런데 그 안에서도 모든 사람이 좋은 일만 한 것은 아니었어요. 동학군이라고 주장하면서 돈을 훔치거나 살인하는 사람들도 있었어요. 그래서 정말로 동학의 사상을 따르는 사람들은 이런 나쁜 사람들을 없애려고 또다시 싸워야 했답니다.

▲ 전봉준 장군과 동학 농민군상. 동학농민군의 출정을 예술적으로 형상화한 조각작품

▼ 을사늑약문
늑약은 강제로 맺은 조약을 뜻한다.

을사늑약

을사늑약이란 을사조약을 가리키는데, 원래 '한일협상조약'이라는 이름으로 불렸어요. 이건 1905년에 일본이 우리나라의 외교권을 빼앗기 위해 강제로 맺은 약속이에요. 우리나라에서는 이걸 '늑약'이라고 부르는데, 이는 일본이 강제로 이 약속을 맺게 했기 때문이에요.

일반적으로 국가와 국가 사이의 약속인 '조약'은 각 국가의 대표가 승인해야 해요. 그런데 이 조약은 일본 공사관 하야시곤스케와 우리나라의 대신 박제순이 맺었어요. 게다가 총칼로 무장한 많은 일본군이 주변에 있어서, 우리나라 사람들이 매우 위협받는 상황에서 이 약속이 맺어졌지요.

이 약속이 맺어진 뒤로 우리나라는 이름만으로는 일본이 보호해 주는 나라가 됐지만, 사실상은 일본의 식민지가 됐어요. 이 약속을 맺게 한 사람들인 박제순, 이지용, 이근택, 이완용, 권중현을 '을사오적'이라고 부르는데, 이는 그들이 나라를 팔아먹은 범인들이라는 뜻을 담고 있어요.

이 약속이 맺어진 뒤에 우리나라 사람들은 이에 대해 매우 분노했어요. 그래서 사람들은 이 약속을 무효라고 주장하면서 일본에 대항하는 운동을 했고, 많은 사람들이 이 운동에 참여했어요. 이런 운동은 죽음을 감수하면서 이 약속의 부당함을 알리는 것부터, 일본에 대항하는 의병을 만드는 것, 외국에 이 약속이 강제로 이루어진 것이라고 알리는 등 다양한 방식으로 이루어졌어요.

▼ 1905년 한양(서울) 대관정에서 찍은 한일 을사늑약 체결 기념사진. 앞줄 왼쪽에서 다섯 번째가 이토 히로부미, 앞줄 오른쪽에서 네 번째가 이완용, 이완용 오른쪽에 앉은 이가 박제순이다.

민족자결주의

제1차 세계 대전이 끝나고 나서 미국 대통령인 윌슨은 세상에 평화를 가져오기 위해 14가지 원칙을 발표했어요. 그 중에 하나가 '민족자결주의'라는 원칙인데, 이는 '각 나라의 사람들이 자기 나라의 정치적인 미래를 스스로 결정할 수 있어야 한다'는 의미예요.

하지만 이 원칙은 패배한 나라들의 식민지에만 적용되었고 승리한 나라인 일본이 지배하던 우리나라에는 적용되지 않았어요. 그래도 우리 사람들에게는 독립에 대한 희망을 주었답니다.

그래서 해외에서 활동하던 우리나라 사람들은 이 원칙을 듣고 파리에 사람을 보내 독립을 요청했어요. 그리고 독립 운동을 위한 돈도 모았고요.

일본에 있던 우리나라 학생들도 이런 변화를 보고 독립 운동의 기회로 생각했어요. 그들은 도쿄에서 '조선 청년 독립단'이라는 단체를 만들고 우리나라의 독립을 요구하는 글을 썼어요. 이 글이 '2·8 독립선언'이라는 것인데, 이 선언은 나중에 '3·1 만세운동'에 큰 영향을 주었답니다.

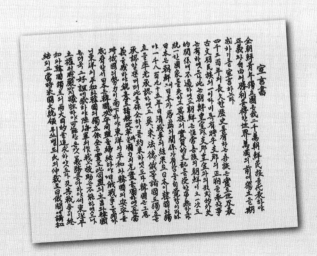

▶ 2·8 독립선언서

카이로 선언

제2차 세계 대전이 한창이던 1943년, 미국 대통령인 프랭클린 루스벨트, 영국 수상인 윈스턴 처칠, 중국 총통인 장제스 등의 리더들이 이집트의 도시 카이로에서 만났어요. 그들은 전쟁이 끝나고 나서 어떻게 해야 할지에 대해 이야기하며, 그 결과를 '카이로 선언'이라는 이름으로 발표했어요.

이 선언에는 우리나라의 독립에 대한 언급이 있어요. 세 강대국은 우리나라 사람들이 노예처럼 살고 있다는 것을 인지하고, 적절한 시기에 우리나라가 독립하게 될 것을 약속한다는 내용을 담았습니다.

이것은 제2차 세계 대전이 끝난 후에 우리나라가 독립하게 될 것을 세 강대국이 처음으로 약속한 것이지요. 그리고 이런 약속을 받은 아시아 국가 중에 우리나라가 유일했답니다.

▼ 1943년 카이로 회담에서 추수감사절 회동을 갖는 장제스, 루스벨트(가운데), 처칠(오른쪽)

선비 집안에서 태어난 오이배는 동네 신동이라 불렸지만, 전염병으로 양부모를 한꺼번에 잃고 고아가 되었습니다. 동네 할머니가 돌보아주셔서 굶주림에서 살아남은 그는 고향을 떠나 학교에 다니게 되었고 그의 영특함을 알아본 교장 선생님의 도움으로 신학문과 민족의식을 배울 수 있었습니다. 오이배의 학문 실력은 날이 갈수록 좋아지고, 그 결과로 민족사를 연구하는 사상가로 자라나게 되었습니다. 교장 선생님은 오이배에게 학교에서 대중 지도자로 일하라고 부탁하셨고, 오이배는 그 뜻을 받아들여 일본의 침략으로 고통받는 우리 민족에게 '내 나라'라는 민족사상을 불어넣으며 스스로는 애국주의 사상을 키워갔습니다. 일본이 조선을 식민 지배하기 시작하자 학교는 폐쇄되었습니다. 그러나 오이배는 운 좋게도 후원자의 도움을 받아 민족을 위해 일하기로 마음먹고 동경으로 떠납니다. 민족애를 품고 동경에서 열심히 공부하던 그는 조선과 일본 사이의 격차가 점점 벌어진다는 것을 느끼며 끝없이 실망을 하게 됩니다.

세계 제1차 대전이 종결된 후, 미합중국의 대통령 윌슨이 각국의 백성이 스스로 그 나라의 운명을 결정할 수 있다는 '민족자결주의'를 주장하였습니다. 그 말에 힘입어 조선인들은 일본의 지배에서 벗어나고자 '3·1 독립만세운동'을 전개하였습니다. 이 시기에 오이배도 독립을 염원하는 마음으로 국민들과 함께 나섰습니다. 하지만 일본의 강한 힘 앞에서 그는 독립운동을 하기보다는 조선 사람들의 문화를 발전시켜 행복을 도모하자고 생각했습니다. 일본과 협력하면 우리나라도 이득을 볼 수 있다고 믿었습니다. 조선땅으로 돌아와 지도자로서 행동하며 일본의 전쟁을 돕는다면 일본의 승리도 우리나라가 함께 누릴 수 있다고 국민들에게 호소하였고 그의 말에 동조하는 사람들이 점점 많아졌습니다. 그러나 전쟁이 마무리되어 가는 시점인 카이로 회담에서 일본의 항복과 우리나라의 독립이 논의되는 것을 보며, 오이배는 자신의 선택이 잘못되었다고 느꼈습니다. 결국 일본이 항복하고 우리나라가 독립하게 되었을 때, 오이배는 자신이 반역자가 된 것 같아서 슬퍼했습니다.

오이배는 정말로 조선을 사랑하는 사람이었을까요? 일제 강점기 당시 친일은 나라를 팔아넘기는 것과 같은 매국적 행동이었습니다. 그의 모순된 행동 즉, 자기 나라를 위한다고 하면서 나라를 팔아넘기는 행동을 어떻게 이해해야 할까요? 오이배는 일본이 조선을 지배하는 상황에서도 행복해질 수 있는 방법을 찾았다고 말했습니다. 그러나 이것은 그가 독립운동을 하지 못하는 자신의 나약함을 숨기고, 독립운동이 조선 사람들에게 큰 피해를 줄 거라고 스스로를 설득하는 것일 뿐입니다. 결국 오이배는 자신과 사람들을 속인 것입니다. 우리는 자기 주장을 하지 않고, 남의 말에만 복종하는 것을 '굴종'이라고 합니다. 오이배가 마음을 바꾼 것은 일본의 강한 힘 앞에서 독립 의지를 잃고, 조선인으로서의 민족적 자존심을 버리며 굴종한 것입니다. 그렇기 때문에 그 행동은 조선에 대한 배신 즉, 변절(절개를 지키지 않고 마음을 바꿈)로 볼 수 있습니다.

오이배가 일본과 협력하자고 한 이유는, 그가 진짜로 싸울 용기는 없지만, 겉으로는 용감한 지도자처럼 보이고 싶었던 것 아닐까요? 그의 결정은 결국 자기 자신을 위한 것이었고, 이는 민족을 위한다는 그의 말과는 달랐습니다. 그의 선동으로 많은 사람들이 전쟁터로 나갔고, 그 중 10대의 어린 학생들은 제대로 된 군사 훈련도 받지 못하고 외딴 곳에서 총알받이로 쓰였습니다. 그의 마음이 정말 애국이었을까요? 우리나라가 독립했을 때 진심으로 기뻐하지 못한 오이배의 모습은 그가 진정한 애국자가 아니었다는 것을 명확히 보여줍니다.

읽기 전에 생각해 봐요

이 소설에서는 사람들에게 용서받고 싶은 가해자 친일 경찰과 그를 이해하는 이웃이 나옵니다. 광복 후 이들은 자신의 잘못에 대해 변호하며 민족과 화합하고자 합니다. 친일 경찰의 피해자인 우리 민족은 그의 변호를 받아들여 용서하며 화합으로 나아갈 수 있을까요? 가해자와 그를 지켜보는 변호사가 어떤 이유와 태도로 잘못을 변명하고 있는지 살펴보며, 진정한 반성은 어떻게 해야 하는 것인지 생각해 봅니다.

김덕수

김동인(1900-1951)　　　친일인명사전에 등재된 친일 문학가이자 소설가, 문학
평론가입니다. 대표작으로는 「배따라기」, 「광염소나타」, 「감자」 등이 있습니다.

해방 직후였다.

나는 어떤 동업 일본인 변호사의 집을 한 채 양도 받아가지고 이 동네로 이사를 왔다. 이사를 와서 집 정리가 된 후 어느 날, 집으로 돌아오니 아내가 김덕수의 소식을 전했다.

"김덕수네가 이 동네에 살고 있어요."

"김덕수? 형사 말이요?"

"네…… 애국반장을 했던, 애희의 남편요."

"그럼, 반장도 함께?"

"네…….."

"녀석도 일본인이 남긴 가옥을 한 채 얻은 셈인가?"

"아마 그런가 봐요. 게다가 그냥 이 해방된 나라에서도 경관 노릇을 하는지 금빛이 번쩍번쩍하는 경부 차림을 하고 다니던

걸요……."

"흠……."

우리가 일본인에게 얻은 이 집으로 이사 오기 전에 ○○동네에 살 때에 덕수네와 서로 이웃해 살았다.

덕수는 경찰 고등계의 형사였다. 고등계의 형사로 일본인 상전 아래서, 많은 사람을 잡아서, 죄를 만들어서 공로를 세워, 우리나라 사람들 사이에는 상당히 미움과 무서움을 받던 인물이었다. 그의 아내 애희는 또 그 동네의 애국반장으로…… 남편은 형사, 아내는 반장이라, 그 동네에서는 상당히 권세를 부리며 살고 있었다.

1945년 8월 15일의 위대한 해방이 되어서 김덕수의 손에 걸려 감옥살이를 하던 많은 사람들이 갑자기 출옥하자 혹시 매를 맞아 죽지나 않을까 근심했었는데, 덕수네는 어느덧 그 동네에서 자취가 없어져서 그저 그만 잊어버리고 말았다. 그 후 이 새 집으로 이사 오고 보니, 덕수네는 우리보다 먼저 이 동네에 와 살고 있다는 것이다.

지난 동네에서 덕수네와 5년이나 이웃해 살았다. 그 5년간을 내내 덕수의 아내 애희는 애국반장으로 있었기 때문에 자연스럽게 친하게 지냈고, 그런 관계로 나는 덕수라는 인물을 비교적 여러 각도로 볼 수가 있었다. 더욱이 내 직업이 전 재판소 판사요, 현 직업이 변호사였으니만치, 덕수는 자신은 동네의 다른 사람과는 상대가 되지 않는다는 우월감으로 내게 찾아와서 자기의 심경과 환경을 하소연하곤 해서 그를 비교적 정확히 알았노라고 나는 스스로 자신한다.

덕수는 일본의 대정(다이쇼시대 1912년~1926년) 중엽에 태어난 사람으로서 그의 부모는 구멍가게를 경영하는 가난한 시민이었다. 운 좋게도 소학교는 무사히 졸업한 후 경찰서의 급사로 들어갔다가 타고난 영특한 자질로 어름어름 경찰 끄나풀(앞잡이) 노릇을 하다가 다시 형사로까지 승진한 것이었다. 그가 끄나풀에서 형사로까지 오른 그 시절은 한창 일본의 군국주의가 만주와 중국을 정복하고, 조선인의 일본인화(내선일체주의-'일본과 조선은 한 몸'이라는 일본의 식민정책 표어)가 맹렬히 진척되던 시절이라, 처음부터 민족사상에 대해 배우지 못한 덕수는 자기는 황국신민(일본제국의 백성)인 것을 자랑으로 여기며 그래야 할 의무로 믿었다. 그래서 이 사상에 반대되는 행동이나 운동을 하는 불온하고 불량한 조선인은 마땅히 배제해야 할 것이며, 그런 반역자를 내쫓고 없애는 책임을 띤 자기의 직업은 아주 신성한 것이라고 여겼다. 그런지라 그는 기를 써서 조선인 가운데 반역자 무리를 배제하려고 노력하였으며, 국가의 역적을 없애서 '반도인'의 명예를 훼

손하지 않기 위해 최선을 다했다. 고문 명수, 자백 자아내는 명인이라는 칭호가 어느덧 그에게 씌워지고 상관의 신임이 차차 두터워질수록 그는 이것을 추호도 자책하는 마음이 없이, 자기의 자랑과 명예로 알고 자기의 천직으로 알았다.

그는 사회의 명사라며 세상에 알려진 인물들에게는 일종의 반항심과 증오심을 품고, 그런 인물은 골라가며 미행하고 조사하였다. 사람이란 죄를 씌우자면 면할 사람이 없는 법이라, 아니꼬운 인물은 잡아다가 두들기고, 물 먹이고, 자백을 강요하면 어떤 내용이든지 나오고, 한 가지의 자백이 나오면 그와 관련된 여러 범죄가 엮여서 한 개의 큰 '음모 사건'이 위조되는 것에 일종의 재미와 쾌감까지 느꼈다. 이리하여 덕수가 한번 노린 사람이면 반드시 무슨 사건의 주범이 되어 검사국으로 넘어가고, 검사국에서는 이 사건이 복잡다단하다 여겨 예심으로 넘기고는 하여, 이 방면에서 김덕수는 명 형사로서 꽤 인정받았다.

그의 아내 애희는 어느 여자고등보통학교 출신이라 한다. 애희가 애국반장이 되고 당시의 민생은 거의 애국반을 통해 꾸려졌기 때문에 우리 집과도 친하게 되었는데, 애희는 남편 덕수의 지극한 애국심과 충성(애희는 그렇게 믿었다) 등에 대하여 아주 공감하여 자기보다 학력이 낮은 남편이지만 매우 존경하였다.

애희는 뽐내기를 좋아하고 비교적 욕심은 적으나 명예욕은 센 사람이었다. 사회의 명사들이 자기 남편 앞에 굴복하고 자백하는 모습을 꽤 기쁘게 생각하여 우리 집에 와서 자주 그런 자랑을 하곤 했지만, 물자 배급 같은 것은 비교적 정직하고 공평하게, 더욱이 특수 물자는 제 몫은 빠지고 반원들에게 나누어주어 (생색내기 위하여) 비교적 평판이 좋았다. 하기는 그런 배급물 등은 자기네는 받지 않더라도, 딴 길로 들어오는 물자가 꽤 풍부한 것 같아서 다른 '반'에는 나오지 않은 배급을 때때로 나누어주었다. '반장 배급'이라고 하여 '이런 것은 시장에서는 볼 수 없는 물건이어서, 우리 집에 있던 물건을 여러분께 나누어 드립니다'라며 광목 양말 등을 특별배급하는 일도 있었다.

내가 연구한 바에 의하면 그들은 진정한 일본제국 황국신민이었다. 그들은 대정 중엽 혹은 말엽에 태어나 가정에서 무슨 다른 교육을 받지 못한 채, 학교에서 황국신민으로서의 교육만 받아왔다. 더욱이 만주사변 이후 중일 전쟁 기간에는 더욱 격렬해진 '황민화'[1], '내선일체', '내선 동근동조'[2] 사상 교육 아래서 지식을 배웠다. 그들의 선조가 조선인이라는, 일본인과는 별다른 종족이었다는 점은 애초에 알지도 못했다. 다만 '내지(일본 본토)'와 '조선'이 서로 말과 풍습이 다른 것은 두 영토 가운데

현해탄이 끼어 있어서 멀리 떨어져 있기 때문이라고 생각했다. '내지'와 '조선'의 차이는 '내지' 내의 구주 지방과 동북 지방이 사투리와 풍습이 다른 것과 마찬가지라 여기며, 다만 조선은 거리가 더 멀기 때문에 차이가 큰 것이라고 생각하는 모양이었다.

그런지라, 덕수는 일본제국에 방해되는 사상을 가진 사람은 역적으로 보았다. 게다가 젊은 혈기와 공명심으로 그의 직권을 이용하고 남용하여 '고문 명인'이라는 칭호까지 듣게 되었다. 또 아내(애국반장) 애희는 동네 여인들의 불평을 살만큼 방공 연습이며 국방 헌금 저금에 열렬하였다.

구 대한제국 시절에 태어나서 고종 황제와 순종 황제를 임금으로 섬긴, 우리 같은 늙은 축은 이해하기 곤란할 만큼 모든 애

---

1 황민화 : 일제가 중일 전쟁 이후 민족 문화를 말살하고 조선을 병참 기지화하기 위해 조선인에게 실시한 정책. 조선인이 일본인과 공동체 의식을 지니도록 하려던 정책으로 일본어 강요, 창씨개명, 신사 참배, 황국 신민의 서사 제창 등을 통해 실행되었다.

2 내선 동근동조 : 일제의 한국 지배를 정당화 · 합리화하고 한국인의 저항을 무마시키려는 의도로 주장된 식민지 역사관의 일종. 일본인과 조선인은 동일한 조상에서 나온 피로 맺어진 가까운 혈족이며, 언어와 풍속, 신앙 등 문화도 본래 같았다고 강조하는 이론이다.

국 운동(일본에의)에 지극히 정성스러웠다. 그러나 우리도 표면은 황국신민인 척할 수밖에 없는 비상시국이었다. 약간이라도 다른 눈치를 보였다가는 덕수의 눈에 걸릴 것이라, 방공 훈련에 나오라면 하던 빨래를 던지고라도 나가야 했고, 헌금이나 예금 국채 구입을 하라면 주머니를 벌리지 않을 수 없었다.

애희는 꽤 영리한 여인으로서 공채거나 예금 등에 있어서는 빈부와 수입 등을 참 잘 고려하여 나무람 없도록 배정하였다. 더욱이 자기네가 솔선해 가장 많이 책임져서 다른 사람으로서는 말참견할 여지가 없게 하였다.

이럴 즈음에 1945년 8월 15일, 국가 해방의 날이 온 것이다. 그 해방의 흥분 가운데, 서대문 형무소의 문이 열리고 거기서 많은 사상범이 무죄의 몸이 되어 해방의 새 나라로 뛰쳐나왔다. 덕수 내외에게는 이 사건이 무엇을 의미하는지 몰랐다. 해방 뒤 며칠이 지나 장정 몇 명이 덕수의 집으로 와서 무슨 트집을 잡고 따지다가 덕수를 세차게 때리는 일이 발생했다. 이런 일이 있은 후 며칠 지나서 덕수 내외는 이 동네에서 사라져 없어졌다.

그러나 국가가 해방된 흥분이 가득하던 때라서 그런 일에 그다지 마음을 쓰지 않았다. 어디로 도망갔거나 혹은 매를 맞아 죽었거나 했겠지 정도로 무심히 넘겼다. 그러는 중 나도 어떤 일본인 동료(변호사)의 집을 한 채 양도받아서, 이 동네로 이사를 온 것이다. 그랬는데, 얼마 전 종적이 사라진 덕수네가 이 동네에 살고 있는 것이었다. 더욱이 덕수는 금빛 찬란한 군정부 경무부의 정복을 입고 있었다. 비록 미군정부가 우리 민족의 감정 따위는 고려하지 않고 제멋대로만 하는 행정기관이라고 해도, 제아무리 경찰 경력이 있는 사람이지만 민족적 분노를 사고 있는 부류의 사람을 그냥 그 자리에 두는 것은 좀 심한 일이다. 그렇지만 덕수 자신으로 보자면 이 해방된 새 나라에 그냥 삶을 유지하려면 '경관'이라는 무장적 보호가 절대로 필요하였을 것이다.

덕수네는 자기의 과거 경력을 아는 이가 또 같은 동네에 살게된 것이 별로였었는지 처음 얼마 동안은 우리를 외면하며 피하는 태도를 보였다. 그러다가 그 아내 애희가 먼저 내 아내와 아는 척하기 시작하여 다시 서로 왕래가 시작되었다. 뽐내고 생색내기 좋아하는 그녀인지라 해방된 새 세상에서 경부로 승진한 남편을 내 아내에게 자랑하며 예나 지금이나 일반인 '전 판사, 현 변호사'인 우리에게 일종의 우월적 태도를 취하려는 기색이보이더라는 것이었다. 그러나 그들 내외에게는 전 일본제국 아래의 조선 지방 사람이 왜 8·15 이후에는 해방된 조국을 갖게된 것인지, 모국인 일본은 분명 망해 들어가는 꼬락서니인데도 불구하고 해방되었다고 기뻐하는지, 그 진정한 사정은 이해하기 힘들어 내심 불안에 갈팡질팡하는 모양이었다.

이에 나는 생각하였다. 일본의 대정이나 소화(쇼와시대, 1926년~1989년) 시대에 출생한 우리 조선인도 수백만이 될 것이다. 시대의 이익을 좇기 위해 혹은 시대에 뒤떨어지지 않기 위해 가정에서도 그 자녀를 일본의 황국신민 만들기를 목표로 교육하거나 그저 방임해두었을 것이다. 가정에서 특별히 민족주의사상 교육을 받지 못한 아이들은 소학교부터 일본 신민 교육을 받았기 때문에 근본적으로 자신이 일본 신민이라고 알고 있는 사람이 적지 않을 것이다.

어느 날 전차에서 어떤 노동자가 기껏 일본인을 욕해 말하느라고 '내지 놈, 내지 놈' 하는 것을 보았는데, 그런 부류들은 기껏 자기(조선 사람)를 '반도인'으로, 일본인을 '내지인'으로밖에 인식하지 못하는 인생이다. 그런 부류의 자제는 대개 자기를 일본 신민으로밖에는 인식하지 못할 것이다. 이러한 청소년들에게 우리 전래의 조선 혼을 다시 넣고 기르기 위해서는 장차 수십 년의 세월이 걸려야 할 것이다. 국가는 해방되었으나 아직 국권을 못 잡은 우리가…… 아아, 아득히 멀고도 중요한 문제로구나.

덕수 내외는 처음 한동안은 우리 내외를 좀 회피하는 태도를 취하다가 그 뒤에는 자기는 경부라는 우월감을 품고 예나 지금이나 변함없는 우리와 다시 만나기 시작했다. 사실 그들의 눈에는 모든 조선 사람이 혹은 사장이 되고 전무가 되고 중역이 되고, 제각기 출세하는 이 경기 좋은 판국에 10년을 하루같이 '전 판사, 현 변호사'라는 움직임 없는 자리에 있는 우리에게 정떨어질지도 모를 일이었다.

그즈음에 서울에서는 사람들의 눈을 휘둥그레지게 하는, 한 가지 색다른 사건이 발생했다. 이전 총독부 시절에 조선인 민족 사상가 중 한 인물에게 아주 혹독하고 무섭게 굴던 어떤 일본인 경부가 총에 맞아 죽은 사건이었다. 그 일본인이 경부로 있을 때 그 부하로서 상관에 못지않은 활약을 한 덕수는 이 사건에 가슴이 서늘해진 모양이었다. 이 새 동네에서는 가장 오래 전부터 알고 지낸 우리 집이 그래도 자신들의 속사정을 털어놓을 수 있었는지 덕수의 아내 애희가 지금까지의 생색내고 뽐내는 태도 대신에 당황한 기색으로 찾아와서 내 아내에게 그 사정을 호소하였다. 성품이 좋고 남에게 싫은 소리 하기를 꺼리는 내 아내는 그때 애희에게 이 사건은 민족적인 노여움이니 어쩔 수 없는 일이라고 답해주었다. 그러면서 당신네도 이전에 매 맞았던 일이 모두 그 당시 그대 남편에게 부당한 대접을 받은 사람의 사사로운 원한이 아니고 민족으로서의 노여움이라는 뜻으로 말

형사 김덕수

한 모양이었다.

그 일이 있은 지 얼마 뒤, 이번에는 덕수가 직접 나를 찾아왔다. 금빛 찬란한 경부의 제복을 입은 채로⋯⋯.

"영감."

영감은 변호사라는 직업에 대한 보통의 칭호이지만 덕수는 이제껏 내게 불러 보지 않은 이 칭호로 나를 불렀다.

"이런 법이 어디 있습니까? ○○경부(일본인 경부) 사살자인 범인으로 지목되는 자를 발견해서 체포하려 하니까, 상부에서 그냥 내버려 두랍니다. 법치국가에 이런 법이 있습니까?"

"김 경부, 김 경부는 그 일에 그저 모른 체하시오. 김 경부도 얼마 전에 폭행당한 일이 있지만 '민족의 분노'는 국법이 용납하고 인정해야 하는 게요."

"그렇지만 살인자를 죽이는 것은 하늘의 법률이 아닙니까?"

"살인해서 국민의 마음을 시원하게 해준 사람은 하늘이 칭찬할 것이오. 대체⋯⋯."

여기서 나는 그에게 우리 민족과 일본 민족 사이에 얽힌 역사적 인연을 자세히 설명해주었다. 한일합병(1910년 일제의 침략으로 한일합병조약에 따라 국권을 상실한 일. 경술국치)과 그 뒤 일본 민족의 행패, 최근 일본이 전쟁에서 이기기 위해 '내선일체 동근동족'이라는 간판을 내세워 우리 민족을 강제로 전쟁에 내몰던 자초지종까지. 미심쩍은 점을 질문해가며 내 이야기를 다 들은 덕수는, 비교적 총명한 자질을 가지고 있던지라 대강 이해했다는 표정이었다. 내 이야기를 다 들은 뒤에 잠시 머리를 숙여 생각한 뒤에 긴 한숨을 쉬며,

"영감, 잘 알았습니다. 듣고 보니 가증한 일본이었군요." 하고는 잠깐 말을 끊었다가 이번은 미소 지으며 말했다.

"그렇지만 영감, 비국민적 생각인지는 모르지만, 옛정을 잊기 어려운지 내게는 일본인이 가끔 그립습니다. 더욱이 우리 조선인의 우월적 태도를 보면 그야말로 반감이 생기고 일본인이 동포같이 생각되기까지 합니다."

"인정상 그렇겠지. 이번 태평양전쟁 때도 일본이 패망하면 우리 민족은 일본의 식민지로서 어떤 비참한 지경에 떨어질지 모르는데도 우리 같은 늙은이는 옛 한국의 백성이라 그런지 일본에 대한 증오심과 적개심으로 일본의 패배를 바랐으니……."

"그 대신 우리 같은 젊은이들은 그런 사상(일본 패배)을 가진 사람을 참으로 비국민으로 보고 괘씸하고 얄미워서 경찰에서도 죽어라 하고 때렸습니다. 죽은 사람도 적지 않았습니다만……."

"그 일이 살인자를 죽인 일로 처리됐소?"

"아, 왜요? 경찰의 직권이요, 애국적 행동인데 어떻습니

까……."

"일본 경부 사살 사건의 범인도 '살인자'가 아니라 국민의 마음을 시원하게 만든 일이니 경찰도 모른 체하는 거요. 김 경부, 조선인이 되시오. 내 나라로 돌아오시오."

아아, 그러나 우리나라 안에 아직 진정하게 조국 사상에 환원하지 못한 젊은이가 진실로 수백만 명이 될 것이다. 이들을 모두 내 나라 내 조국의 백성으로 돌아오도록 하려면 과거에 일본인이 우리를 일본화하려던 만큼의 노력과 그 정도의 날짜가 걸려야 할 것이다. 이 문제는 우리 국가 건설에 지대한 과제라 아니할 수 없다. 지난날 일본이 조선의 서른 살 이상의 사람이 다죽은 후에야 조선은 참말로 일본제국 일부가 될 것이라고 하였다. 하지만 사실 해방 이후에 교육받은 아이들이 이 땅의 주인이 된 뒤에야 비로소 이 땅은 진정한 우리 땅이 될 것이다.

그런 일이 있은 뒤부터 덕수는 자주 나를 찾아와서 나에게 조선학[3]과 민족사상을 들었다. 본시 총명한 사람이라 제 마음

---

3 조선학 : 1930년대 일제의 식민지 역사관과 식민지 지배 이데올로기에 대항하여, 맹목적 서구 문명 수용과 공산주의 사상을 비판하면서 한국 역사와 문화의 독자성과 주체성을 탐구하고 근대 민족 국가 수립의 가능성을 실학에서 찾으려고 했던 운동.

에 남아 있는 일본적 뿌리를 빼버리려는 노력이 분명히 보였다. 나는 이런 노력을 흡족하게 바라보았다. 단 한 사람이라도 조국 정신으로 돌아오도록 하는 일이 기특한 일이라는 것을 스스로 느끼고 덕수에게 꽤 호감을 느끼게 되었다.

그때 이 땅에는 또 하나의 색다른 사건이 일어났다. 즉, 옛날의 재판소 검사요 그 뒤에는 황민화 운동 단체의 수령이었던 어떤 일본인이 무슨 사소한 횡령 사건으로 법에 걸려 처단을 받은 사건이었다. 이 땅에서 일본으로 물러가는 일본인들의 사기, 횡령 사건은 셀 수 없이 많았지만, 하필 이 사건만은 문제가 되어 법의 처단을 받고 예전에는 자신들의 지배하에 있던 서대문 형무소에 수감이 된 것이었다. 역시 민족의 노여움이었다. 쫓겨가는 인종의 사소한 허물을 일일이 들추어 무엇하겠는가만은 일본인을 처단할 핑계만 기다리고 있던 차라 그 일본인(전 검사)에게는 문제 되지 않을 문제가 법에 걸린 것이었다. 이 사건에서 김덕수가 비교적 정확한 판단을 내린 것을 보고 나는 기뻐하였다.

"영감, 흠을 잡으려고 노리고 있노라니 그 모 검사가 걸려든 것이지요?"

"옳소. 이 처단이 그에게는 오히려 다행일 게요. 이렇게 걸리지 않았으면 그도 혹은 총을 맞았을는지도 모를 게요. 우리 민족에게는 총 맞을 죄를 지은 자니까⋯⋯."

"나도 더욱 조심하겠습니다. 과거의 잘못을 사죄하는 뜻으로라도 썩 잘 처신하겠습니다."

사실 현 군정부의 중요한 자리에 있는 사람 가운데 덕수의 고문을 겪은 사람이 적지 않았다. 그가 스스로 겁내고 조심하는 것도 당연한 일이었다. 자칫하면 민족적 노여움에 걸려들지도 모른다는 자신의 처지를 확실히 느끼고 있을 정도로 그는 전전긍긍하고 있었다. 더욱이 자기가 조선인이라는 점을 알게 되었으니 그의 열혈적 성격상 스스로 애국심을 자아내려는 노력도 역력히 보였다.

조선에 대한 군정 당국의 방침이 약간 달라졌다. 이전에는 같은 연합군이라고 칭찬만 장려하던 방침이 변경되어 공산당은 나라를 망치려는 단체로서 좌익 계열(사회주의적·공산주의적인 경향. 또는 그런 단체)로 보고 그들의 조국이라는 소련에 대한 비난과 공격이 공공연히 일어나는 상황이 되었다.

그 어떤 날 덕수가 나를 찾아왔다. 한참 이런저런 이야기를 하다가 문득 이런 말을 하였다.

"참 악질입니다. 좌익 극렬분자들(사상, 행동이 과격한 사람들)⋯⋯."

"왜 또 새삼스레?"

"뻔한 증거를 대고 아무리 고문해도 결코 승인하거나 자백하지 않습니다. 증거가 분명한 일도 그냥 모른다고 고집스럽게 버티니까 참 가증스럽고 얄밉지요."

그는 사뭇 얄밉다는 듯이 위를 향하여 담배 연기를 내뿜으며,

"그저 매에 장수 없다고, 두들기고 물 먹이고 해야 비로소 자백이 나옵니다. 그러기 전에는 아무리 뚜렷한 증거를 내대어도 그냥 모른다고 뻗대니까……."

"여전히 고문을 잘하시오?"

"허허, 안할 수 없습니다. 가증스러워서라도 주먹이 저절로 나오거니와, 주먹 아니고는 자백하지 않고 자백이 없이는 법이 범죄를 인정하지 않으니까요."

"그래도 고문은 피해야지."

"고문을 하지 않고는 하나도 자백을 받지 못합니다. 말재주가 좋아서 교묘하게 피하거나 정 궁지에 몰리면 입을 봉해버려서 절대로 승인이나 자백을 않습니다."

"그래도 고문에 의지한 자백은 법률이 승인하지를 않지."

"두들겨서라도 자백을 받고 그 자백을 입증하는 물적증거까지 겸하는데도요?"

"글쎄…… 그래도…… 고문은……."

"나도 압니다. 고문은 법률이 금한 것이고 인간적 도리에 어긋나는 일인 줄은. 그래도 가증스러운 꼴을 보면 저절로 주먹이 앞서는 걸 어떻게 합니까? 꼭 자백을 얻기 위한 수단이라기보다는 감정적으로 주먹 행동이 앞서게 되는 걸요."

"여전히 고문 찬성론자……."

"암, 고문 대장, 고문 선수로 왜정 때부터 이름 높은 김덕수 부장이 아닙니까? 오늘날의 김 경부를 쌓아올린 기초가 고문인데……."

그는 스스로 미소 짓다가 다시 너털웃음까지 웃으면서 이렇게 말하였다.

"그래도 심한 고문은 피하시오."

"안 돼요. 그자들은 무슨 범행을 할 때에 애초에 교묘하게 피할 수 있을 핑계를 다 만들어 가지고 행하니까 말로는 꼭 그들에게 집니다. 매밖에는 장수가 없어요."

"최근에는 매질을 좀 잘한 일이 있소?"

나는 웃으며 물었다.

"웬만해서는 부하에게 시켜서 하지 내가 직접 매질하지는 않지만, 오늘은 상당히 두들겼습니다."

"지금도 무슨 큰 사건이 있소?"

"이건 좀 비밀이지만 좌익 극렬분자가 나라를 배신한 행동입니다."

얼마 전까지 스스로 자기는 일본인이라고 믿던 시절, 그의 정의감으로 그때의 범인에게 행하던 폭력주의가 연상되어 지금의 고문을 대강 짐작할 수 있었다.

"그렇지만 김 경부, 인명은 지극히 중요한 것이오. 피의자의 생명까지 위협하는 폭력은 삼가시오. 그들은 우리 동포요. 다만 일시적 유혹에 속았을 뿐이지 같은 조상의 피를 가진 우리의 동포요. 인간적 도리라는 문제보다, 법률 문제보다, 동포 동족이라는 문제를 먼저 생각해야 됩니다."

"아, 이 땅을 소련국 조선현으로 여기는 사람도 동포입니까?"

"또 고문에 의지해서 얻은 자백은 공판에서 다시 번복됩니다."

"네. 나도 그 점을 잘 알고 있습니다. 고문만이 아닐지라도 그 잔악한 극렬분자들은 공판장에서는 교묘한 말로 사건을 번복시키는 것이 또 사실입니다. 그러니만큼 그들의 죄에 대한 처단을 애초에 경찰에서 폭력으로 응징해두어야 속이 풀리지 경찰에서까지 인도주의를 써서 우물쭈물해두면 민족적 분노는 그냥 엉킨 채 풀릴 길이 없지 않겠습니까?"

"경찰관에게는 역시 경찰관적 철학이 있으시군."

나도 껄껄 웃는 바람에 그도 소리내어 웃었다.

그런데 다음 날 서울 지방의 각 신문은 커다란 활자를 아낌없이 사용하여 '왜정 시대에 고문 대장으로 이름 높던 형사 김덕수가 이 해방된 세월에도 여전히 경찰 경부로 남아서 그 흉수를 놀린다'는 제목의 톱기사를 실었다. 덕수가 예전에 누구누구 등 현재의 명사들을 어떻게 난폭하게 고문하였으며, 더욱이 경찰 경부로 승진하여 모 사건 취조에서 어떠한 고문을 하고 무리한 자백을 받아냈는지에 대한 기사가 각 지면을 장식하였다.

그로부터 또 며칠 뒤, 신문은 또 김덕수에 관한 기사를 보도하였다. 그 기사에 의하면 '고문 대장 김덕수 경부는 그 잔학한 고문으로 벌써 악명이 높거니와 또 어느 피의자에게서 뇌물로 쌀 서 말을 받아먹은 사실이 검찰 당국에 고발되어 파면당하고 기소 수감 되었다.'라는 것이었다. 이 기사를 보고 나는 뜻하지 않게 혀를 찼다. 진짜로 수감 되었는지 어떤지는 알아보아야 할 일이지만 이것은 너무 심한 채찍질이 아닐까. 그가 일정 시대에 좀 심한 고문을 하여 적지 않은 사람에게 원한을 산 것은 사실이다. 그러나 자세히 따지자면 그 자신이 받은 교육 때문에 그는 자기 자신을 일본인으로 알고 일본에 충성하기 위해 한 행동이었다.

우리처럼 한국인으로 태어나서 중간에 일본으로 변절한 사람은 어떤 채찍을 맞아도 불복하지 못하겠지만, 덕수처럼 어려서부터 한국의 존재를 모르고 태어나 자란 사람이 일본을 조국으로 여기는 것은 꾸짖을 일이 못 된다. 그가 일본인이라는 자각 아래에서 일본의 반역자에게 좀 잔학한 일을 했다 한들 그것은 그리 욕할 바가 아니다. 현재 덕수의 행동을 가지고 인간적 도리에서 벗어난다고 하면 모를 일이지만 지난날의 일을 들추어내어 욕하는 것은 다만 욕하기 위한 욕일 따름이다. 모 일본인 경부의 피살 사건, 일본인 검사의 피검 사건 모두 민족적 노여움이 쏟아진 것이기 때문에 딴 핑계를 잡아내어 그것으로 노여움 풀이를 하는 것이다.

쌀 서 말 수십 회, 몇 백만 원, 몇 천만 원을 꿀꺽꿀꺽 삼키고도 무사한 이 판국에 단지 쌀 서 말 그것이 무슨 문제랴. 다만 고문이니 인간적 도리니 하는 문제보다도 민족적 미움이 부어져 있던 김덕수인지라 역시 좌익 계열에 대한 고문의 가혹함에는 문제가 안 일어나고, 쌀 서 말에 문제가 생긴 것이었다.

아내를 덕수의 집에 보내서 수감된 여부를 알아보았더니 과연 어제부터 집에 안 들어오고 있으며 덕수의 아내 혼자 있더라는 것이다. 덕수와 오래 이웃해 산 정분도 있거니와 덕수의 사건에는 동정할 여지도 있어서 나는 덕수 사건의 변호를 자청해서 맡고, 어떤 날 그가 수감되어 있는 형무소에서 변호사의 자

격으로 그를 면회하였다. 면회실에서 내가 그대의 변호인이 되고자 한다고 내 뜻을 말했더니 그는

"제 아내가 부탁했습니까?"

하고 묻는다. 그래서 그런 게 아니고, 내가 그대의 심경과 행위를 어떤 정도까지는 이해하고 있어서 자진해 변호하겠노라고 했더니 그는 잠시 머리를 숙여 생각하고서 천천히 말을 꺼냈다.

"그건 그만둬주십시오. 고맙습니다만…….."

"왜? 왜 그러오?"

"선생님, 제가 이번 기소된 건 쌀 서 말…… 부끄럽습니다만…… 서 말 문제지만 저를 기소되게까지 한 것은 말하자면 민족적 증오가 아닙니까? 전 양심에 추호도 부끄러운 바 없으니 민족의 매질을 달게 받겠습니다. 사실을 말씀드리자면 전 늘 괴로웠어요. 모르고 한 행동이지만 제가 예전에 일본 경찰, 일본인으로서 우리 동포에게 지은 죄가 너무 커서요. 그 죄에 대한 벌을 받기 전까지는 무슨 큰 빚을 진 것 같은 압박감을 면할 수가 없는 마음이었어요. 오늘날 사소한 일을 실마리로 민족의 채찍을 받는다고 하면 그 받은 이튿날부터는 마음이 가벼워지겠습니다. 그러니까 저는 그저 내리는 채찍을 피하지 않고 고맙게 받겠습니다. 선생님의 호의는 감사합니다만…….."

이리하여 전 경부 김덕수는 공판정에서도 아무런 딴소리 없

이 그 등에 내리는 민족의 채찍을 고요히 받고 현재 형무소에서
복역 중이다.

1. 일제 강점기부터 해방 이후까지 김덕수가 한 일을 정리해 봅시다.

- 일제시대 :

- 해방이후 :

2. 김덕수와 아내(애희), '나'의 욕망은 무엇일까요?

> 인정욕망 : 다른 사람에게 인정받으려는 욕망
> 평화욕망 : 평화롭고 화목한 세상을 추구하는 욕망
> 의미욕망 : 삶을 의미있고 가치있게 살고자 하여 바람직한 삶을 추구하려는 욕망

3. 소설의 내용 중 가장 중요하다고 생각하는 장면을 뽑고, 그 이유를 써 보세요.

4. 이 소설이 독자에게 전달하려는 메시지는 무엇인가요?

5. 이 소설은 광복 후 여러 가치관이 충돌하는 상황에서 친일 인물(김덕수)을 보는 한 사람(서술자 '나')의 시각이 드러납니다. 여러분이 반민특위(정식 명칭은 '반민족 행위 특별 조사 위원회'. 친일파를 처벌하기 위해 대한민국 정부 수립 직후 만든 특별기구) 조사관이라면 '나'와 김덕수의 친일 행위를 어떻게 조사하고 정리할 것인지 써 보세요.

▲ 내선일체 포스터

내선일체

일제 강점기 중 1930년대 말부터 일본은 조선이라는 식민지를 자신들과 똑같이 만들려고 했어요. 이를 '내선 일체'라고 부르는데, 이는 일본과 조선을 하나로 묶는다는 의미예요. 하지만 실제로는 이 정책은 조선 사람들에게 일본 문화와 언어를 강요하는 것이었어요. 강제로 신사 참배를 하게 하거나 전쟁을 돕기 위한 봉사활동도 강요되었어요. 그런데 이런 일본화 정책에도 불구하고, 일본 사람들과 조선 사람들 사이에는 여전히 많은 차별이 존재해서 조선인들에 대한 착취는 더 심해졌지요.

일제에 충성한 악질 친일 경찰 김태석과 노덕술

▲ 노덕술

노덕술은 일제 강점기 때 일본 경찰로 일하면서 많은 독립운동가를 잡아들이고 고문했던 악명 높은 고문 경찰이에요. 우리나라가 독립한 후에도 이승만 정권에서 경찰이 되어 좌익을 잡아들이는 일을 했고 이승만이 정권을 장악하는 데 도움을 주었어요. 1949년 반민족 행위 특별 조사위원회에 잡혀갔지만, 이 위원회가 와해되자 다시 풀려나왔어요. 그 후에는 다시 경찰로 일하다가 헌병으로 변신했어요. 1955년 제2육군 범죄수사대 대장이 되었지만 뇌물을 받은 혐의가 인정되어 파면되었어요. 그는 일생 동안 일제에 충성하며 우리나라 사람들을 해코지하는 일을 하다가 1968년에 사망했어요. 그의 이름은 '친일파 708인 명단'(2002년), '친일인명사전'(2009년), '친일 반민족 행위 705인 명단'(2009년)에 공개되어 있답니다.

김태석은 일제 강점기에 일본 경찰로 일하며 많은 독립운동가를 잡아들이고 고문했기 때문에 '고문왕'이라는 별명을 가졌답니다. 일본에서 공부를 마친 후 조선으로 돌아와서 선생님으로 일하다가 1912년에 조선총독부 경찰관 통역으로 일하게 되었고, 1918년에 고등경찰과에서 일하면서 독립 투사들을 잡아들이고 고문하는 등의 악행을 저질렀어요. 1949년에 그의 죄가 드러나 잡혀서 무기징역을 받았고, 재산도 몰수되었답니다. 그러다가 1950년 6월 한국전쟁이 시작되기 직전에 감옥에서 나온 이후 그가 어떻게 살았는지는 알려진 바가 없어요.

▲ 김태석

김덕수는 일제 강점기에 일본 경찰로 일하며 독립운동가들을 고문했습니다. 해방 후 남북한이 분단되고, 남한은 이승만 대통령의 지도 아래 공산주의를 막기 위해 많은 사람들을 탄압했습니다. 이 시기에도 김덕수는 미군정 경찰로 일하며 '좌익 극렬분자'로 몰린 사람들을 찾아내어 고문하는 일을 계속했습니다.

일본이 패망한 후에 일본인들과 친일 행위를 한 사람들이 공격을 받았습니다. 이에 위기를 느낀 김덕수는 변호사인 '나'에게 조언을 구했습니다. '나'는 과거 김덕수의 행위를 시대 상황의 영향으로 어쩔 수 없는 것이었다고 말합니다. 김덕수는 일제 강점기에 태어나 자신을 본래 일본인으로 알고 있었고 특별히 조선의 민족 사상을 배우지 못했기 때문이지 교육만 받았다면 달랐을 것이라고 그를 옹호합니다. 김덕수도 일제 강점기 자신의 행동을 잘못했다고 생각하지만 그의 행동은 여전히 달라지지 않았습니다.

'나'는 조선인을 탄압했던 경찰과 검사가 처벌을 받을 때 그들의 죄목을 상세하게 설명하기보다는 '민족적 노여움'이 부어져서 그렇다고 말하고 있습니다. 그러면서 어차피 패망해서 쫓겨가는 일본인들이니 죄를 묻는 것은 의미없는 일이며, 그들은 민족적 원한의 희생양이라는 듯 말합니다. 김덕수 또한 친일 고문 행위로 엄청난 죄를 저질렀음에도 불구하고 사소한 쌀 서말 때문에 수감됩니다. 주변에 김덕수보다 더 많은 뇌물 받은 자들이 널렸는데, 겨우 쌀 서말로 벌을 받고 있는 김덕수가 민족적 노여움의 희생양처럼 그려집니다. '나'는 김덕수가 자신이 조선인이라는 것과 일본의 실체를 알고, 조선학을 배우며 조선인으로 변화했다는 것을 보여 주며, 그에게 면죄부를 주어 그의 친일 행위를 정당화하고 있습니다. 그러나 이 변호가 해방 이후 김덕수의 폭력행위까지 설명해 줄 수 있을까요? 우리는 '민족적 노여움'이라는 논리 뒤에 숨겨진 김덕수의 악행을 정확히 기억해야 합니다. 또한 김덕수를 옹호하고 있는 '나'의 심리도 자세히 들여다봐야 합니다. 자신이 저질렀던 수많은 악행에 대한 반성과 피해자에 대한 사과 없이, 민족적 노여움을 달게 받으며 반성하겠다는 김덕수 말을 어떻게 받아들여야 할까요? '나'와 '김덕수'의 이야기를 통해 작가가 말하려는 바는 무엇일까요?

진정한 사과는 잘못을 인정하고, 상대방의 아픔에 공감하며 이루어져야 합니다. 김덕수는 독립운동가들에게 사과하지 않았으며, 자신의 잘못을 제대로 인정하지도 않았습니다. 그런데도 '나'는 김덕수가 반성하는 듯한 모습을 보이고 있으니 용서해야 하는 것 아니냐는 식으로 표현합니다. 실제로는 더 깊고 진정한 반성과 사과가 필요한 상황인데도 말입니다.

우리 주변에도 '나', 김덕수와 같이 잘못된 이유와 논리를 내세워 자신의 잘못을 인정하지 않고 다른 사람의 마음을 이해하지 않으려는 사람들이 있을 수 있습니다. 이런 사람들이 진정으로 반성하고 상처받은 사람들에게 사과하는지, 가해자와 피해자 사이에서 진정한 화합이 이루어지는지 주의 깊게 살펴보아야 합니다.

읽기 전에 생각해 봐요

일제 강점기의 서대문 형무소, 그 안에 수감된 우리 민족은 어떤 모습이었을까
요? 이 소설은 일제치하 어느 감옥에서 벌어진 일을 그리고 있습니다. '태형'이
란 매로 볼기를 치던 형벌을 말합니다. 주인공은 살아남기 위해 같은 감방의
한 죄수를 죽음으로 내몹니다. 살기 위해 어쩔 수 없었다는 '나'의 행동을 과연
어떻게 봐야 할까요?

태형

김동인(1900-1951) 친일인명사전에 등재된 친일 문학가이자 소설가, 문학 평론가입니다. 대표작으로는 「배따라기」, 「광염소나타」, 「감자」 등이 있습니다.

"기상!"

잠은 깊이 들었지만 조급하게 설렁거리는 마음에 이 소리가 조그맣게 들린다. 나는 한 순간 화다닥 놀래어 깨었다가 또다시 잠이 들었다.

"여보, 기상이야, 일어나오."

곁의 사람이 나를 흔든다. 나는 돌아누웠다. 이리하여 한 초 두 초, 꿀보다도 단잠을 즐길 적에 그 사람은 나를 또 흔들었다.

"잠 깨구 일어나소."

"누굴 찾소?"

이렇게 나는 물었다. 머리는 또다시 절망적인 상황으로 미끄러져 들어간다.

"그러디 말고 일어나요. 지금 오방 점검합넨다."

"여보, 십 분 동안만 더 자게 해주."

"그거야 내가 알갔소? 간수한테 들키면 혼나갔게 말이지."

"에이! 누가 남을 잠도 못 자게 해. 난 잠들은 지 두 시간도 못 됐구레. 제발 조금만 더⋯⋯."

이 말이 맺기 전에 나의 넓은 침실과 그 머리맡의 담배를 얼핏 보면서, 나는 가물가물 잠이 들었다. 그때에 문득 내게 담배를 한 가치 주는 사람이 있으므로, 그 담배를 피우려 할 때에 아까 그 사람(나를 흔들던 사람)은 또다시 나를 흔든다.

"기상 불렀소. 뎅껑꺼정 해요. 일어나래두⋯⋯."

"여보, 이제 겨우 또 잠들었는데 깨우긴 왜⋯⋯."

"뎅껑이면 어떻단 말이오? 그래 노형 상관 있소?"

"그만 둡시다. 그러나 일어나 나오."

"남 이제 국수 먹고 담배 피는 꿈꾸댔는데⋯⋯."

이 말을 하려던 나는 생각만 할 뿐 또다시 잠이 들었다. 또 한 초 두 초 단꿈에 빠지려던 나는, 곁방에서 들리는 제걱거리는 칼 소리와 문을 덜컥덜컥 여는 소리에 벌떡 놀라서 일어나 앉았다. 그러나 온몸을 취케 하던 졸음은 또다시 머리를 덮는다. 나는 무릎을 안고 머리를 묻은 뒤에 또다시 잠이 들었다. 또 한 초 두 초, 시간은 흐른다. 덜컥! 마침내 우리 방문을 여는 소리가 났다. 나는 갑자기 굴복을 하고 머리를 들었다. 이미 잘 아는 바이거니와, 한 초 전에 무거운 잠에 취하였던 사람이라고는 생각 안 되도록 긴장된다.

덜컥 하는 소리와 함께 문이 열리며 간수가 서넛 들어섰다.

"뎅껑!"

다섯 평이 좀 못 되는 방에는 너무 크지 않나 생각되는 우렁찬 소리가 울려오며, 경험으로 말미암아 숙련된 흐르는 듯한 (우리의 대명사인)번호가 불리운다. 몇 호 몇 호, 이렇게 흐르는 듯이 불러오던 간수부장은 한 번호에 멎었었다.

"나나햐꾸 나나쥬 용고(774호)."

아무 대답이 없다.

"나나햐꾸 나나쥬 용고(774호)!"

자기의 죄수 번호-더구나 일본말로 부르는 것을 알아듣지 못한 칠백칠십사호의 영감(곧 내 뒤에 앉은)은 역시 대답이 없었다. 나는 참다 못하여 그를 꾹 찔렀다. 놀라서 덤비는 대답이 그때야 겨우 들렸다.

"예, 하이!"

"나제 하야꾸 헨지오 시나이(왜 빨리 대답 안 하나)."

"이리 와!"

이렇게 부장은 고함친다. 그러나 영감은 가만 있었다. 고요한 소리 하나 없다.

"이리 오너라!"

두 번째의 소리가 날 때에 영감은 허리를 구부리고 그의 앞에 갔다. 한 순간 공기를 헤치고 날카로운 소리와 함께, 이것 역시 경험 때문에 손익게 된 솜씨인, 드는 손 보이지 않는 채찍을 영감의 등에 내리었다.

영감은 가만 있었다. 그러나 눈에는 눈물이 어리었다.

칠백칠십사호 뒤의 번호들이 모두 불리운 뒤에, 정신차리라는 책망과 함께 영감은 자기 자리에 돌아오고 감방문은 다시 닫겼다.

이상한 일이거니와 한 사람이 벌을 받으면 방안의 전체가 떨린다(모두 함께 느끼는 분함이라거나 동정이라든가는 결코 아니다). 몸만 떨릴 뿐 아니라 심장까지 떨린다. 이 떨림을 처음 경험한 것은 경찰서에서 세 시간 동안 맞은 뒤에 유치장에 들어가서 두 시간 동안을 사시나무 떨 듯 떨던 때였다.

죽지나 않나까지 생각되었다(지금은 매일 두세 번씩 당하는 현상이거니와……).

방은 죽음의 방같이 소리 하나 없다. 숨도 크게 못 쉰다. 누구나 곁을 보면 거기는 악마라도 있는 것처럼 보려고도 안 한다. 그들에게 과연 목숨이 남아 있는지?

좀 있다가 점검이 끝났는지 간수들의 발소리가 도로 우리 방 앞을 지나갔다. 그때에 아까 그 영감의 조그만 소리가 겨우 침묵을 깨뜨렸다.

"집엔, 그 녀석(간수)보담 나이 많은 아들이 두 녀석이나 있쉐다가레……."

덥다.

몇 도인지, 백십 도 혹은 그 이상인지도 모르겠다.

매일 아침 경험하는 바와 같이 동쪽 하늘에 떠오르는 해를 '저 해가 이제 곧 무르녹을 테지' 생각하면 그 예상을 맞추려는 듯이 해는 어느덧 방을 무르녹인다.

다섯 평이 조금 못 되는 이 방에, 처음에는 스무 사람이 있었지만, 몇 방을 합칠 때에 스물 여덟 사람이 되었다. 그때에 이를 어찌하노 했다. 진남포 감옥에서 기소로 넘어온 사람까지 서른 네 사람이 되었을 때에 우리는 한숨을 쉬었다. 그러나 신의주와 해주 감옥에서 넘어온 사람까지하여 마흔 네 사람이 될 때에 우리는 한숨도 못 쉬었다. 혀를 채었다.

곧 추녀 끝에 걸린 듯한 뜨거운 해는 끊임없이 더위를 보낸다. 몸속에 어디 그리 물이 많았던지, 아침부터 계속하여 흘린 땀이 그냥 멎지 않고 흐른다. 한참 동안 땀에 힘없이 앉아 있던

나는, 마지막 힘을 내어 담벽을 기대고 흐늘흐늘 일어섰다. 지옥이었다. 빽빽이 앉은 사람들은 모두 힘없이 머리를 늘이우고 입을 송장같이 벌리고 흐르는 침과 땀을 씻을 생각도 안하고 먹먹히 앉아 있다. 둥그렇게 구부러진 허리, 맥없이 무릎 위에 놓인 손, 뚱뚱 부은 시퍼런 얼굴에 힘없이 벌어진 입, 생기 없는 눈, 흩어진 머리와 수염, 모든 것이 죽은 사람이었었다. 이것이 과연 아침에 세면장까지 뛰어갔으며 두 시간 전에 점심 먹느라고 움직인 사람들인가? 나의 곤하여 둔하게 된 감각에도 눈이 쓰린 역한 냄새가 쏜다.

그들은 무얼 하러 여기 왔나? 바람 불고 잘 자리 있고 담배 있는 저 세상에서 무얼 하러 여기 왔나? 사랑스러운 손주가 있는 사람도 있겠지. 이쁜 아내가 있는 사람도 있겠지. 벌어먹이지 않으면 굶어 죽을 어머니가 있는 사람도 있겠지. 그리고 그들은 자유로 먹고 마시고 바람을 쏘이고 자유로 자고 있었을 테다. 그러던 그들이 어떤 요구로 여기를 왔나?

그러나 지금의 그들의 머리에는 독립도 없고, 민족 자결도 없고, 자유도 없고, 사랑스러운 아내며 아들이며 부모도 없고, 또는 더위를 깨달을 만한 새로운 신경도 없다. 무거운 공기와 더위에 괴로움 받고 학대받아서, 조그맣게 두개골 속에 웅크리고 있는 그들의 피곤한 뇌에 다만 한 가지의 바램이 있다 하면, 그것은 냉수 한 모금이었다. 나라를 팔고 고향을 팔고 친척을 팔고 또는 뒤에 이를 모든 행복을 희생하여서라도 바꿀 값이 있는 것은 냉수 한 모금밖에는 없었다.

즉, 그 때에 눈에 얼핏 떠오른 것은(때때로 당하는 현상이거니와) 쫄쫄쫄쫄 흐르는 샘물과 표주박이었다.

"한 잔만 먹여다오, 제발……."

나는 누구에게 비는지 모르게 빌었다. 그리고 힘없는 눈을 또다시 몸과 몸이 서로 닿아 썩어서 몸에는 종기투성이요, 전 인원의 십분의 칠은 옴장이인 무리로 향하였다. 침묵의 끝없는 시간은 그냥 흐른다.

나는 도로 힘없이 앉았다.

"에, 더워죽겠다!"

마지막 '죽겠다'는 말은 똑똑히 들리지 않도록 누가 토하는 듯이 말하였다. 그러나 아무도 거기 대꾸할 용기가 없는지, 또 끝없는 침묵이 연속된다. 머리나 몸 가운데 어느 것이든 노동하지 않고는 사람은 못 사는 것이다. 그 사람들의 몇 달 동안을 머리를 쓸 재료가 없이, 몸은 움직일 틈이 없이 지내왔으니 어찌 견딜 수 있을까? 그것도 이 더위에…….

더위는 저녁이 되어가며 차츰 더하여진다. 모든 세포는 개개의 목숨을 가진 것같이 더위에 팽창한 몸의 한 부분이라고는 생각할 수가 없었다. 무겁고 뜨거운 공기가 허파에 들어갔다가 나올 때마다 더위는 더하여진다. 이러고야 어찌 열병 환자가 안 날까?

닷새 전에 한 사람이 병든 죄수를 수용하는 감방으로 나가고, 그저께 또 한 사람 나가고, 오늘은 또 두 사람이 앓고 있다.

우리는 간수가 병든 사람을 데리고 나갈 때마다 부러운 눈으로 그들을 보았다. 거기에는 한 방에 여남은 사람밖에는 두지 않았다. 그리고 그들에게는 '물'약을 주었다. 뿐만 아니라 그들은 맑은 공기를 마실 기회가 있었다.

"오늘이 일요일이지요?"

나는 변기 위에 올라앉아서 어두운 전등 밑에 이를 잡으면서 곁에 서 있는 사람에게 물었다(우리는 하룻밤을 삼분하고 사람을 삼분하여 번갈아 잠을 자고, 남은 사람은 서서 기다리기로 하였다).

"내니 압네까? 좋은 팁네다만, 삼일 날인디 주일 날인디……"

그러나 종소리는 그냥 땡-땡-고요한 밤하늘에 울리어온다. 그것은 마치 '여기로 자유로 냉수를 마시고 넓은 자리에서 잘

수 있는 사람이 있다'는 것처럼…….

"사람의 얼굴이 보고 싶어서……"

"그래요. 정 사람의 얼굴이 보고파요."

"종소리 나는 저 세상에 물두 있을 테지. 넓은 자리도 있을 테지. 바람두, 바람두 불테지…….."

이렇게 나는 중얼거렸다.

"물? 물? 여보 말 마오. 나두 밖에 있을 땐 목마르믄 물도 먹고, 넓은 자리에서 잔 사람이외다."

그는 성가신 듯이 외면을 한다.

그 말을 듣고 보니, 나도 밖에 있을 때에는 자유로 물을 먹었다. 자유로 버드렁거리며 잤다. 그러나 그것은 지나간 옛적의 꿈과 같이 머리에 남아 있을 뿐이다.

"아이스크림도 있구."

이번은 이편의 젊은 사람이 나를 꾹 찔렀다.

"아이스크림? 그것만? 여보 그것만? 내겐 마누라도 있소. 뜰의 복숭아두 거의 익어갈 때요."

나는 이렇게 말하였다. 즉, 아까 영감이 성가신 듯이 도로 나를 보며 말한다.

"마누라? 여보 젊은 사람이 왜 그리 철없는 소리만 하오? 난 아들이 둘씩이나 있었소. 나 들어온 지 두 달 반, 그것들이 죽지나 않았는지……."

　서 있기로 된 사람 사이에서 심심풀이로 나누는 대화며 지난 일에 대한 이야기가 어우러진다.

　그러나 우리들(자지 않고 서서 기다리기로 한) 가운데도 벌써 잠이 든 사람이 꽤 많았다. 서서 자는 사람도 있다. 변기 위 내 곁에 앉았던 사람도 끄덕끄덕 졸다가 툭 변기에서 떨어진 그대로 잔다. 아래 깔린 사람도 송장이 아닌 증거로는 한두 번 다리를 버둥거릴 뿐 그냥 잔다.

　나도 어느덧 잠이 들었는지 모르겠다. 가슴이 답답하여 깨니까(매일 밤 여러 번 겪는 현상이거니와) 내 가슴과 머리는 온통 남의 다리(수십 개의)아래 깔려 있다. 그것들을 움으적 움으적 겨우 뚫고 일어나서, 그냥 어깨에 걸려 있는 몇 개의 남의 자리를 치워 버리고 무거운 김을 배앝았다.

　다리 진열장이었었다. 머리와 몸집은 어디 갔는지 방안에 하나도 안 보이고, 다리만 몇 겹씩 포개고 포개고 하여 있다. 저편 끝에서 다리가 하나 버드렁거리는가 하면, 이편 끝에서는 두 다리가 움질움질하고- 그것도 송장의 것과 같은 시퍼런 다리를. 이 사람의 세계를 멀리 떠난 그들에게도 사람과 같은 꿈이 깨어지는지(냉수 마시는 꿈을 꾸는지 모르겠다) 때때로 다리들 틈에서 꿈 소리가 나온다.

아아! 그들도 집에 돌아만 가면 빈약하나마 제가 잘 자리는 넉넉할 것을…….

저편 끝에서 다리가 일고여덟 개 들썩들썩하더니 그 틈으로 머리가 하나 쑥 나오다가 긴 숨을 내어쉬고 도로 다리 속으로 스러진다. 그것을 어렴풋이 본 뒤에 나도 자려고 힘이 빠진 몸을 남의 다리에 기대었다.

아침 세수를 할 때마다 깨닫는 것은, 나는 결코 파리해지지 않았다는 것이었다. 부었는지 살쪘는지는 모르지만, 하루 종일 더위에 녹고 밤새도록 졸음과 땀에게 괴로움 받은 얼굴을 상쾌한 찬물로 씻을 때마다 깨닫는 바가 이것이다. 거울이 없으니 내 얼굴은 알 수 없고 남의 얼굴은 조금씩 변하는지라 모르지만 미끄러운 땀을 씻고 포동포동한 뺨을 만져볼 때마다 나는 결코 파리해지지 않았다는 사실을 깨닫는다. 그리고 이 세수 뒤의 두세 시간이 우리들의 살림 가운데는 가장 값이 있는 시간이며, 그중 사람 비슷한 살림이었다. 이때에만 눈에는 빛이 있고 얼굴에는 산 사람의 기운이 있었다. 심지어는 머리도 얼마간 동작하며, 혹은 농담을 하는 사람까지 생기게 된다. 좀(단 몇 시간만) 지나면 모든 신경은 마비되고, 머리를 늘어뜨리며 떠보지 못한 눈을 내리감고 끓는 기름과 같이 숨을 헐떡거릴 사람과 이 사람들 사이에는 너무 간격이 있었다.

"이따는 또 더워질 테지요?"

나는 곁의 사람에게 이렇게 말하였다.

"더워요? 덥긴 왜 더워? 이것 보구려. 오히려 추운 편인데……."

그는 엄청스럽게 몸을 떨어본 뒤에 웃는다.

아직 아침은 서늘한 유월 중순이었다. 달력이 없으니 날짜는 똑똑히 모르되 음력 단오를 좀 지난 때였었다. 하루 종일 받은 더위를 모두 발산한 아침은 얼마간 서늘하였다.

"노형, 어제 재판 갔댔지요?"

이렇게 나는 그 사람에게 물었다.

"예!"

"바깥 형편이 어떻습디까?"

"형편꺼정이야 알겠소? 그저 미루나무두 새파랗구, 구름도 세차게 날아 다니구, 말하자면 다 산 것 같습니다. 땅바닥꺼정 움직이는 것 같구, 사람들도 모두 낯짝이 시커먼 것이 우리들 보기에는 도둑놈 관상입니다."

"그것을 한번 봤으면……."

나는 한숨을 쉬었다. 삼월 그믐 아직 두꺼운 솜옷을 입고야 지낼 때에 여기 들어온 나는, 미루나무가 푸른 빛이었는지 초록 빛이었는지 똑똑히 모른다.

"노형도 수일 재판 가겠디오?"

"글쎄, 어제 이야기한 거같이 쉬 독립된답니다."

"쉬?"

"한 열흘 있으면 된답니다."

나는 거기 대구를 하려 할 때에 곁방에서 담벽을 두드리는 소리가 들렸다. 그것은 ㄱㄴ과 ㅏ ㅑ ㅓ ㅕ를 알리는 우리의 암호 신호였다.

"무엇이오?"

나는 이렇게 두드렸다.

"좋 은 소 식 이 있 소. 독 립 은 다 되 었 다 오."

이때에 곁 감방의 문 따는 소리에 암호는 뚝 끊어졌다.

"곁방에서 재판 갈 사람을 불러낸다. 오늘은……."

"노형 꼭 가디?"

"글쎄, 꼭 가야겠는데- 사람도 보구 넓은 데를……."

그러나 우리 방에서는 어제 간수 부장한테 매맞은 그 영감과 그밖에 영원 맹산 등지 사람 두셋이 불리어 나갈 뿐 나는 역시 그 축에서 빠졌다.

"언제든 한 번 간다."

나는 맛없고 골이 나서 속으로 중얼거렸다. 그러나 그 '언제든'이 과연 언제일까? 오늘은 꼭, 오늘은 꼭, 이리하여 석 달을 미뤄온 나이었다. '영원'과 같이 생각되는 석 달을 매일 아침마다 재판 가기를 기다리면서 지내온 나이었다. '언제 한 번'이란 과연 언제일까? 이런 석 달이 열 번 거듭하면 서른 달일 것이다.

"노형은 또 빠졌구려!"

"싫으면 그만두라지, 도둑놈들!"

"이제 한 번 안 가리까?"

"이제? 이제가 대체 언제란 말이오? 십 년을 기다려도 그뿐, 이십 년을 기다려도 그뿐……."

"그래도 한 번이야 안 가리까?"

"나 죽은 뒤에 말이오?"

나는 그에게까지 역정을 내었다.

좀 뒤에 아침밥을 먹을 때까지도 나의 마음은 자못 편치 못하였다. 그것은 바깥을 구경할 기회를 빨리 지어주지 않는 관리에게 대함이라기보다, 오히려 재판에 불리어나가게 된 행복한 사람들에 대한 무서운 시기에 가까운 것이었다.

점심을 먹고 비린내 나는 냉수를 한 대접 다 마신 뒤에, 매일 간수의 눈을 속여가면서 장난하는 바와 같이, 밥그릇을 당겨서 거기 아직 붙어 있는 밥알을 모두 긁어서 이기기 시작하였다. 갑갑하고 답답하고, 사로 이야기하는 것을 허락치 않고, 공상을 하자 하여도 벌써 재료가 없어진 우리가 가질 수 있는 다만 하나의 오락이 이것이었다.

때가 묻어서 새까맣게 될 때는 그 밥알은 한 덩어리의 떡으로 변한다. 그 떡은 혹은 개 혹은 돼지, 때때로는 간수의 모양으로 빚어져서, 마지막에는 변기 속으로 들어간다.

한창 내 손 속에서 움직이던 떡 덩이는-뿔은 좀 크게 되었지만 한 마리의 얌전한 소가 되어 내 무릎 위에 섰다. 나는 머리를 들었다.

아직 장난에 취하여 몰랐지만 해는 어느덧 또 무르녹기 시작하였다. 빈대 죽인 피가 여기저기 묻은 시멘트 담벽에는 철창 그림자가 똑똑히 그려져 있다. 불타는 듯한 더위는 등지고 있는 창 밖에서 등을 타게 하고, 안고 있는 담벽에서 반사하여 가슴을 타게 하고, 곁에 빽빽이 사람의 열기로 온몸을 썩인다. 게다가 똥오줌 무르녹은 냄새와 살 썩은 냄새와 옴약 내에 매일 수없이 흐르는 땀 썩은 냄새를 합하여, 일종의 독가스를 이룬 무거운 기체는 방에 가라앉아서 환기까지 되지 않았다. 우리의 피곤해서 둔하게 된 감각으로도 넉넉히 깨달을 수 있는 역한 냄새였다. 간수가 가까이 와서 들여다보지 않는 것도 당연한 일이었다.

그리고 보니 생각나거니와 나-뿐 아니라 온 사람의 몸에는 종기 투성이었다. 가득 차고 일변 증발하는 변기 위에 올라앉아서 뒤를 볼 때마다 역정나는 독한 습기가 엉덩이에 묻어서 거기서 생긴 종기를 이와 빈대가 온몸에 퍼져서 종기투성이 아닌 사람이 없었다.

땀은 온몸에서 뚝 뚝-이라는 것보다 짤짤 흐른다.

"에-땀."

나는 힘없이 중얼거렸다. 이상한 수수께끼와 같은 일이었다. 밥 먹은 뒤에 냉수를 벌컥벌컥 마시면, 이삼십 분 뒤에는 그 물이 모두 땀으로 되어 땀구멍으로 솟는다. 폭포와 같다 하여도 좋을 땀이 목과 가슴으로 흘러서, 온몸에 벌레 기어 다니는 것같이 그 불쾌함은 말할 수가 없다.

그러나 땀을 씻는 사람은 하나도 없다. 손가락 하나라도 움직이면 무찔러 없어질 지옥에라도 떨어질 것같이, 흐르는 땀을 씻으려는 사람도 없다.

'얼핏 진찰받을 수 있는 곳으로 보내어다고.'

나의 피곤한 머리는 이렇게 빌었다. 아침에 종기를 핑계삼아 겨우 빌어서 진찰하러 간 사람 무리에 들어간 나는 지금 그것밖에는 바랄 것이 없었다.

시원한 공기와 넓은 자리를(다만 이십 분 동안이라도) 맛보는 것은, 여간한 돈이나 명예와도 바꿀 수 없는 귀중한 것이었다. 그 뿐만 아니라, 감옥에 갇혀 있어도 안부는커녕 어느 감방에 있는지도 모르는 아우의 소식을 알는지도 모르겠다.

즉, 뜻하지 않게 눈에 떠오른 것은 집안의 일이었다. 희다 못하여 노랗게까지 보이는 햇빛에 반사하는 시멘트 담벽에 먼저 담배와 냉수가 떠오르고 나의 넓은 자리가(처음 순간에는 어렴풋하였지만) 똑똑히 나타났다.(어찌하여 그런 조그만 일까지 똑똑히 보였던지 아직껏 이상하게 생각하거니와) 파리 한 마리가 성냥갑에서 담배갑으로 도로 성냥갑으로 왔다갔다 한다.

"쌍!"

나는 뜨거운 기운을 내뱉었다.

"파리까지 자유로 날아다닌다."

성내려야 성낼 용기도 없어진 머리로 억지로 성을 내고, 눈에서 그 그림자를 지워버리려 하였다. 그러나 담배와 냉수는 곧 없어졌지만, 성가신 파리는 끝끝내 떨어지지를 않았다.

나는 손을 들어서(마치 그 파리를 날리려는 것 같이) 두어 번 얼굴을 비빈 뒤에 맥없이 아까 만든 소만 쥐었다.

공기의 맛이 달다고는, 참으로 경험해 보지 못한 사람은 생각하지도 못할 일일 것이다. 역한 냄새 나는 뜨거운 기운을 배앝고, 달고 맑은 새 공기를 들이마시는 처음 순간에는 기절할 듯이 기뻤다.

서늘한 좋은 일기였다. 아까는 참말로 더웠는지, 더웠으면 그
더위는 어디로 갔는지, 진찰 받으러 가는 동안 오히려 춥다 하
여도 좋을 만치 서늘하였다.

그러나 그보다도 더 기쁜 것은 거기서 아우를 만난 일이었다.

"어느 방에 있니?"

나는 머리를 간수에게 향한 채로 조그만 소리로 물었다.

"사감 이방에……"

나는 좀 있다가 또 물었다.

"몇 사람씩이나 있니? 덥지?"

"모두들 살이 뚱뚱 부었어……."

"도둑놈들. 우리 방엔 사십여 인이 있다. 몸뚱이가 모두 썩는
다. 집엔 오히려 넓어서 걱정인 자리가 있건만. 너 그새 앓지나
않았니?"

"감옥에선 앓을래야 병이 안 나. 더워서 골치만 쏘디……."

"어떻게 진찰받으러 나왔니?"

"배 아프다구 거짓뿌리 하구……."

"난 종기 투성이다. 이것 봐라."

하면서 나는 바지를 걷고 푸릿푸릿한 종기를 내어놓았다.

"그런데 너의 방엔 옴쟁이는 없니?"

"왜 없어……."

그는 누구도 옴쟁이고 누구도 옴쟁이고, 알 이름 모를 이름하여 한 일고여덟 사람 부른다.

"그런데 집에서 면회는 왜 안 오는디……."

"글세 말이다. 모두들 죽었는지……."

문득 아직껏 생각도 해보지 않은 일이 머리에 떠오른다. 석달 동안을 바깥 사람이라고는 간수들밖에 만나 보지 못한 우리에게는 바깥이 어떤 형편인지는 모를 지경이었다. 간혹 재판소에 갔다 오는 사람도 있기는 하지만, 거기 다니는 길은 야외라, 성 안 형편은 아직 우리가 여기 들어올 때와 같이 음울한 기운이 거리를 두르고, 상점은 모두 문을 닫고 있는지, 아니면 전과 같이 물건을 사고팔고, 집안에는 웃음소리가 퍼지며, 예배당에는 결혼하는 패도 있으며, 사람들은 석 달 전에 일어난 그 사건을 거반 잊고 있는지, 보기는커녕 알지도 못하는 일이었다. 일가나 친척의 소소한 일은 더구나 모를 일이었다.

"다 무슨 변이 생겼나부다."

"그래도 어제 재판 갔던 사람이 재판소 앞에서 맏형을 봤다는데……."

아우는 근심스러운 얼굴로 이렇게 말하였다. 그러나 그 아우의 '봤다는데'라는 말과 함께,

"천십칠호!"

하고 고함치는 소리가 귀에 울리었다. 그것은 내 번호였다.

"네!"

"딘찰."

나는 빨리 일어서서 의사의 앞으로 갔다.

"오데가 아파?"

"여기요."

하고 나는 바지를 벗었다. 의사는 내가 내어놓은 엉덩이와 넓적다리를 걸핏 들여다보고 요만 것을…… 하는 듯 얼굴로 말없이 간병수에게 내어 맡긴다. 거기서 끈적끈적 들러붙는 고약을 받아서 되는 대로 쥐어바르고 이번엔 진찰 끝난 사람 축에 앉았다.

이때에 아우는 자기 곁에 앉은 사람과(나 앉은 데서까지 들리도록) 무슨 이야기를 둥둥 하고 있었다. 나는 깜짝 놀라서 간수를 보았다. 간수는 아우를 주목하는 모양이었다.

나는 기지개를 하는 듯 손을 들었다. 아우는 못 보았다. 이번은 크게 기침을 하였다. 그러나 그는 못 들은 모양이었다. 가슴이 떨리기 시작하였다.

'알게 해야 할 테인데……'

몸을 움즉움즉 하여보았지만, 그는 이야기에 정신이 팔려서 그냥 그치지 않고 하다가, 간수가 두어 걸음 자기에게 가까이 올 때야 처음으로 정신을 차리고 시치미를 떼었다. 그러나 간수는 용서하지 않았다. 채찍의 날카로운 소리가 한 번 나는 순간, 아우는 어깨에 손을 대고 쓰러졌다. 피와 열이 한꺼번에 솟아올라 나는 눈이 아뜩하여졌다.

좀 있다가 감방으로 들어올 때에 재빨리 곁눈으로 아우를 보니 나를 보내는 그의 눈에는 눈물이 가득하여 있었다. 무엇이 어리고 순결한 그의 눈에 눈물이 고이게 하였나? 나는 바라고 또 바라던 달고 맑은 공기를 맛보기는 맛보았지만, 이를 맛보기 전보다 더 어둡고 무거운 머리를 가지고 감방으로 돌아오게 되었다.

저녁을 먹은 뒤에 더위에 쓰러져 있던 나는, 아직 내어가지 않은 밥그릇에서 젓가락을 꺼내어 손수건 좌우편 끝을 조금씩 감아서 부채와 같이 만들어 부쳐보았다. 훈훈하고 냄새나는 바람이 땀 위를 살짝 스쳐서, 그래도 조금의 서늘함을 맛볼 수가 있었다. 이깟 지혜가 어찌하여 아직 안 났던고? 나는 정신 잃은 사람같이 팔을 들었다. 이 감방 안에서는 처음의 냄새는 나지만 약간의 바람이 벌레 기어 다니는 것같이 흐르던 가슴의 땀을 증발시켜 꿈같은 시원함을 준다. 천장에 딱 붙은 전등이 켜졌다.

그러나 더위는 줄지 않았다. 손수건의 부채는 온방안이 흉내내어, 나의 뒤의 사람으로 말미암아 등도 부쳐졌다. 썩어진 공기가 움직인다.

그러나 우리들의 부채질은 재판소에서 돌아오는 사람들 때문에 중지되지 않을 수 없었다. 우리 방에서 나갔던 서너 사람도 돌아왔다. 영원 영감도 송장 같은 얼굴로 돌아 왔다. 나는 간수가 돌아간 뒤에 머리는 앞으로 향한 대로 손으로 영감을 찾았다.

"형편 어떻습디까?"

"모르갔소."

"판결은 어떻게 됐소?"

영감은 대답이 없었다. 그의 입은 바늘로 단단히 꿰매지지 않았나? 그러나 한참 뒤에 그는 겨우 대답하였다. 그의 목소리는 대단히 떨렸다.

"태형 구십 도랍니다."

"거 잘 됐구려! 이제 사흘 뒤에는 담배두 먹구 바람도 쏘이구……. 난 언제나……."

"여보, 잘 됐시오? 무어이 잘 된단 말이오? 나이 칠십 줄에 들어서 매 맞으면…..말하기도 싫소. 난 아직 죽기 싫어! 상급 재판소에 다시 재판을 요청했쉐다."

그는 벌컥 성을 내어 내게 달려들었다. 그러나 그의 뒤에 이은 내 성도 그에게 지지를 않았다.

"여보! 시끄럽소. 노망했소? 당신은 당신이 죽겠다구 걱정하지만, 그래 당신만 사람이란 말이오? 이 방 사십여 명이 당신 하나 나가면 그만큼 자리가 넓어지는 건 생각지 않소? 아들 둘 다 총에 맞아 죽은 다음에 늙은이 하나 살아 있으면 무얼 해? 여보!"

나는 곁에 있는 다른 사람에게로 향하였다.

"여기 태형 선고에 상급심 재판을 요청한 사람이 있답니다."

나는 이상한 소리로 껄껄 웃었다.

다른 사람도 영감을 용서치 않았다. 노망하였다, 바보로다, 제 몸만 생각한다, 내어 쫓아라, 여러 가지의 헐뜯는 말이 일어났다. 영감은 대답이 없었다. 가쁘게 쉬는 한숨만 우리의 귀에 들렸다. 우리들도 한참 비웃은 후에는 기진하여 잠잠하였다. 무겁고 괴로운 침묵만 흘렀다.

바깥은 어느덧 어두워졌다. 대동강 빛과 같은 하늘은 온 세상을 뒤덮었다. 우리들의 입은 모두 바늘로 꿰매지지 않았나? 그러나 한참 뒤에 마침내 영감이 나를 찾는 소리가 겨우 침묵을 깨뜨렸다.

"여보!"

"왜 그러오?"

영감은 또 먹먹하다. 그러나 좀 뒤에 그는 다시 나를 찾았다.

"노형 말이 옳소. 아들 두 놈은 덩녕쿠 다 죽었쉐다. 난 나 혼자 이제 살아서 무엇 하갔소? 재판 요청을 취소하게 해주소."

"진작 그럴 게지. 그럼 간수 부릅니다."

"그래 주소."

영감은 떨리는 목소리로 말했다.

나는 간수를 부르는 통을 두드렸다. 간수는 왔다. 내가 통역을 서서 그의 뜻(이라는 것보다 우리의 뜻)을 말하매 간수는 시끄러운 듯이 영감을 끌어내어 갔다.

자리에 돌아올 때에 방안 사람들의 얼굴을 보니, 그들의 얼굴에는 자리가 좀 넓어졌다는 기쁨이 빛나고 있었다.

목욕! 이것은 십여 일만에 우리가 가질 수 있는 우리의 가장 큰 행복이다.

"목욕!"

간수의 호령이 들릴 때에 우리들은 줄을 지어서 뛰어나갔다.

뜨거운 해에 쪼인 시멘트 길은 석 달 동안을 쉰 우리의 발에는 무섭게 뜨거웠다. 그러나 그것은 우리의 즐거움의 하나였었다. 우리는 그 길을 건너서 목욕통 있는 데로 가서 옷을 벗어던지고. 때로 범벅이 되어 걸쭉해진 목욕물에 뛰어들었다.

무엇이라고 형용할 수 없는 즐거움이었었다. 곧 곁에는 수도가 있다. 거기서는 언제든 맑은 물이 나온다. 그것은 우리들의 머리에서 한때도 떠나 보지 못한 '달콤한 냉수'이었었다. 잠깐 목욕통에서 덤빈 나는 수도로 나와서 코끼리와 같이 물을 먹었다.

바깥에는 형량이 결정된 여러 죄수들이 일을 하고 있었다. 그것도(갑갑함에 겨운) 우리들에게는 부러움의 푯대였었다. 그들은 마음대로 바람을 쏘일 수가 있었다. 목마르면 간수의 허락을 듣고 물을 먹을 수가 있었다. 뿐만 아니라, 그들에게는 갑갑함이 없었다. 즉, 어느덧 그치라는 간수의 호령이 울리었다. 우리의 이십 초 동안의 목욕은 이에 끝났다. 우리는 (매를 맞지 않으려고) 시간을 어기지 않고 빨리 옷을 입은 후에 간수를 따라서 감방으로 돌아왔다.

꼭 가장 더울 시간이었었다. 문을 닫는 순간, 우리는 벌써 더위 속에 파묻혔다. 더위는 즐거움 뒤의 복수라는 듯이 용서없이 우리를 내리쪼인다.

"벌써 덥다!"

나는 혼잣말로 중얼거렸다.

"매를 맞구라도 좀더 있을 걸……."

누가 이렇게 말한다. 서너 사람의 웃음 비슷한 소리가 들렸다. 그러나 그 뒤에는 먹먹하였다. 몇 시간 동안의 침묵이 연속되었다.

우리는 무서운 소리에 화닥닥 놀랐다. 그것은 숨통이 멎을 것 같은 부르짖음이었다.

"히도오쓰(하나), 후두아쓰(둘)."

간수의 헤어나가는 소리와 함께,

"아이구 죽겠다. 아이구 아이구!"

부르짖는 소리가 우리의 더위에 마비된 귀를 찔렀다. 그것은 태형을 당한 사람의 부르짖음이었다.

서른까지 헤인 뒤에 간수의 소리는 없어지고 태형을 당한 사람의 앓는 소리만 처량히 우리의 귀에 들렸다.

둘째 사람이 태형대에 올라간 모양이다.

"히도오쓰(하나)."

하는 간수의 소리에 이어서,

"아유!"

하는 기운 없는 외마디의 부르짖음이었다.

"후다아쓰(둘)."

"아유!"

"미이쓰(셋)."

"아유!"

우리는 그 소리의 주인공을 알았다. 그것은 어젯밤 우리가 내어쫓은 그 영원 영감이었었다. 쓰린 매를 맞으면서도 우렁찬 신음을 할 기운도 없이 '아유' 외마디의 소리로 부르짖은 것은 우리가 억지로 매를 맞게 한 그 영감이었다.

"요오쓰(넷)."

"아유!"

"이쓰으쓰(다섯)."

"후-."

나는 저절로 목이 늘어지는 것을 깨달았다. 나의 머리에는 어젯밤 그가 이 방에서 끌려나갈 때의 꼴이 떠올랐다.

"칠십 줄에 든 늙은이가 태형을 당하고 살길 바라갔소? 난 아무케 되든 노형들이나……."

그는 이 말을 채 맺지 못하고 애써 태연하게 간수에게 끌려나갔다. 그리고 그를 내어쫓은 장본인은 나였었다.

나의 머리는 더욱 숙여졌다. 멀거니 뜬 눈에서는 눈물이 나오려 하였다. 나는 그것을 막으려고 힘껏 감았다. 힘있게 닫힌 눈은 떨렸다.

찬미가에 싸인 원혼

심훈

바다 속의 큰 바위 틈같이 휑하고 침침한 인왕산의 검은 석벽 사이로 가만가만 기어 나오는 어둠이 외따로 언덕 위에 자리 잡은 이 집의 높은 벽돌담을 에워쌌다.

오랫동안 이곳에 와 갇힌 수많은 학생들은 견딜 수 없는 고통과 갑갑한 마음을 잊어버릴 겸하여 저녁 식사 후에 간수의 눈을 피하여 목침을 돌려서 목침 앞에 있던 사람 순서로 옛날이야기도 하고 가는 소리로 고향을 그리워하는 노래도 부른다. 한참이나 서로 웃고 떠들고 짓거리고 하여 벌통 속같이 우글우글하는 각 감방에 희미한 오 촉의 전등은 그들의 머리 위에 일제히 켜졌다. 기도시간이다. 여러 사람은 입을 다물고 고개를 숙여 숭고하고 엄숙한 침묵이 사오 분 동안이나 계속되었다. 이 침묵의 바다에 미미한 파동을 흘리고 다만 한 소리! 가뜩이나 불평의 덩어리가 뭉친 그들의 가슴을 찌르는 슬픈 소리는 29방에 있는 노인의 앓는 소리다. 참으려 하여도 참지 못하고 자연히 흘러나오는 그 지긋지긋한 소리! 귀 뚫린 사람으로 하여금 차마 듣지 못하게 한다.

칠십이 넘은 생김새나 인상이 좋은 이 노인은 천도교의 서울대교구장이라는데, 수일 전에 붙잡히어 집 밖 출입도 병으로 인하여 인력거로나 하는 그를 발을 벗겨 추운 거리로 십리나 된 이곳까지 끌고 와서 돌부리에 채이고 가시에 찔린 늙고 병든 발에는 검푸른 피가 엉기고 두 눈은 우묵하게 들어갔다. 이로 말미암아 그는 나흘 전부터 병이 들었다. 일주일에 한 번 밖에 오지 않는 의사의 진찰은 받을 수 없어서 나흘째 되는 오늘 저녁까지 약이라고는 입에 대지 못하였다. 그러나 18명의 함께 고생하는 젊은 사람들이 밤을 새워가며 그의 가족이라도 더할 수 없을 만큼 지성으로 간호하였다. 그리고 각기 자기의 담요를 꺼내어 두껍게 포개어 놓고 그 위에 노인을 될 수 있는 대로는 편안히 누이고 그 주변에 쭉 둘러앉아 성경을 읽고 있다.

환자의 머리맡에 금년 16세 된 K소년이 수건에 냉수를 축여 더운 이마를 축여주고 있다. 노인이 처음 들어와 K를 보고 극히 원통하고 분한 어조로 "몹쓸 놈들, 저 어린애를 잡아다 어쩌겠다고?" 하며 K의 등을 어루만지며 "처음 보지만 내 막내 손자 같아서 귀엽다." 라고 하였다. K군도 조부 생각이 나는 듯이 고개를 숙이고 듣고만 있다. 그러한 관계로 불과 수일에 이 노인과 소년은 다른 사람들보다 더 가까워지게 되었다.

데그럭 데그럭하는 사람들의 발소리가 여러 번 났다. 고요한 정적을 따라 노인이 급히 몰아쉬는 숨소리와 함께 신음하는 소리는 이 방의 어두운 구석까지 크게 울렸다. 여러 학생들은 거의 얼이 빠져, 죽음의 두려운 운명이 시시각각으로 덮치려는 노인의 혈기 없고 주름살 잡힌 얼굴과 별안간에 높았다 금세 얕았다 하는 가슴만 보고 있다. 밤은 깊어갔다.

그들은 보다 못하여 노인을 향하고 "어떻게 해서라도 누구를 불러서 임시진찰을 요청해 보아야겠습니다." 하였다. 노인은 눈을 힘없이 떴다. 그러나 벌써 눈동자는 정기를 잃어간다. "곤하게 자는 사람을 불러 그리 구차하게 진찰을 받을 필요 없소." 한 마디 한 마디 간신히 하는 말소리가 퍼렇게 질린 입술 사이로 흘러나왔다. K소년은 수건을 이마에서 떼어 물통에 담그며 "이러다 돌아가시면 어째요?" 죽는 것이 무엇인지도 모르고 천진한 애정으로 나오는 소년의 목소리는 슬프게 떨렸다. 노인의 흐릿한 눈과 소년의 샛별 같은 눈의 시선이 마주치고 눈물 고인 두 눈은 전등 빛을 받아 글썽거렸다.

오 분이 지나고 십 분이 지나 밤은 이미 11시를 넘어 옆방에 코고는 소리와 먼 인가의 개 짖는 소리만 어렴풋이 들리는데 창의 한 편으로 환하게 달빛이 비쳤다.

깊어가는 밤과 함께 노인의 고통이 점점 더함에 여러 사람은 의논하고 간수를 불러 애원하였다.

"여기 급한 환자가 있으니 의사를 좀 불러주시오."

"의사? 이 밤중에 의사가 올 듯싶으냐?"하고 소리를 지르며 가려 하는 것을 성미 급한 R군이 문 앞으로 다가앉으며

"여보, 당장 사람이 죽어 가는데 이럴 수 있소? 이곳에서 사람이 죽으면 당신에게는 책임이 없는 줄 아시오? 당신도 사람이거든 생각을 좀 해보시오." 그는 소리를 버럭 질러

"뭐야? 건방진 놈들 △△△△△△△" 하고 큰소리를 치며 독사 같은 눈을 흘겨 여러 사람의 얼굴을 쏘아보았다. 그렇지 않아도 몹시 흥분한 그들은 화가 머리끝까지 올라 소리를 질러

"△△△△△△△", "△△△△△△△" 하고 부르짖으며 저항하기 시작하였다. 이 소리를 노인이 귓결에 듣고

"참으시오, 이런 일은 참을 수 없는 일이 아니요." 하며 가을바람 같은 한숨을 길게 내쉬었다. 몸이 점차로 식어갔다. 불붙듯이 끌어오르는 분노를 억제하고 그들은 고개를 숙였다.

"아! 인간의 도리를 모르는 그놈의 말 한마디로 인하여 사람의 생명을 구하지 못하니 너무도 원통하다." 하였다.

얼마 동안이나마 노인은 괴로운 호흡을 잇다가 어렴풋이 눈을 떠 여러 사람을 둘러보며

"여러분의 정성을 저버리고 나는 가오……." 하고는 눈물이 샘솟듯 하는 눈을 들어 이리저리 얽힌 굵은 창살을 쳐다보며

"오늘이 내 몸을 얽은 쇠줄을 끊는 날이오. 겸하여 영원히 행복을 누리러 가는 큰 영광을 얻는 날이오……." 말을 끝내며 노인은 벌벌

떠는 손을 들어 힘 있는 대로 여러 사람의 손을 차례로 쥐었다. 불덩이 같은 여러 청년의 뜨거운 손이 그의 찬 손을 녹이려 했으나 아무효력이 없고 K소년의 한 방울 두 방울 떨어뜨리는 더운 눈물만 노인의 이마에 떨어질 뿐이다. 노인은 감으려든 눈을 다시 뜨며

"나는 …… 여러분의 자손은 △△△△△△△△△△△△△△△△△△△△△△△△△△△△△△△△△는 것이오." 하고 끓어오르는 가래를 억지로 진정하고 눈을 옮겨 K소년을 쳐다보며

"공부 잘……." 하고 말을 마치지 못한 채 눈이 감겼다. 이 말을 알아들은 K소년은 노인의 가슴에 두 손을 얹으며 피 끓는 소리로

"오오! 할아버지 안녕히 가십시오!" 이 말이 노인의 귀에 들렸는지 아니 들렸는지 ……. 이때에 다른 사람이

"댁에 유언하실 것이 없습니까?"하고 물었다. 그러나 노인은 머리를 조금 흔들 뿐이었다.

자유의 신은 부드러운 날개로 어루만져 노인의 주름살을 펴주고 화평한 기운이 가득 찬 그의 얼굴은 창을 넘는 창백한 달빛에 환하게 빛났다. 노인은 잠이 드는 것 같이 칠십 년 동안의 괴로움에서 벗어나 낙원으로 돌아갔다. 자유의 천국으로 우리를 남겨두고 그만 홀로 영원히 돌아가고 말았다. 여러 청년은 마음을 모아 하나님께 기도하고 소리를 합하여

해보다 더 밝은 저 천국, 믿음만 가지고 가겠네.

믿는 자 위하여 있을 곳, 우리 주 예비해 두셨네.
며칠 후, 며칠 후, 요단강 건너가 만나리.
며칠 후, 며칠 후, 요단강 건너가 만나리.

찬미가를 가늘게 불렀다. 울음 섞여 떨려나오는 하늘나라 노래의 가는 떨림은 노인의 영혼을 싸고 받들어 창을 벗어나 원시의 침묵에 잠긴 달 밝은 하늘 복판으로 멀리멀리 끝없이 떠올라갔다.

그 이튿날 아침 때, 영혼 떠난 그의 시체는 문을 두드리며 통곡하는 가족에게 인도되었는데, 그의 성명을 기록한 조그만 목패만 그의 방문 위에 여전히 걸려 있었다.

- 1920년 3월 15일 깊은 밤

1. 「태형」과 「찬미가에 싸인 원혼」에 등장하는 감방 안의 사람들의 태도와 욕망은 어떻게 다른가요? 비교하여 써 보세요.

> 인정욕망 : 다른 사람에게 인정받으려는 욕망
> 평화욕망 : 평화롭고 화목한 세상을 추구하는 욕망
> 의미욕망 : 삶을 의미있고 가치있게 살고자 하여 바람직한 삶을 추구하려는 욕망

2. 「태형」과 「찬미가에 싸인 원혼」에서 가장 중요하다고 생각하는 장면을 각각 뽑고, 그 이유를 써 보세요.

3. 「태형」과 「찬미가에 싸인 원혼」 두 소설이 독자에게 전달하려는 메시지는 각각 무엇인가요?

4. 「태형」과 「찬미가에 싸인 원혼」을 비교하여 두 작가가 비슷한 소재를 전혀 다른 이야기로 쓴 까닭이 무엇인지 적어 보세요.

1910년대 서대문형무소 수감 실태

1908년에 만들어진 서대문형무소 수용 인원은 500명이었습니다. 그러나 1910년 강제병합 이후 독립운동으로 잡혀 온 사람이 대폭 늘어나고 수감 인원을 몇 배로 초과한 감옥은 지옥과 다름없이 변했지요.

1911년 서대문형무소에서 감옥살이를 했던 백범 김구의 『백범일지』에 의하면, '많은 죄수가 앉아 있을 때엔 마치 콩나물 대가리 나오듯이 되었다가, 잘 때에는 한 사람은 머리를 동쪽 한 사람은 서쪽으로 해서 모로 눕는다. 그러고도 더 누울 자리가 없으면 나머지 사람들은 일어서고, 좌우에 한 사람씩 힘이 센 사람이 판자 벽에 등을 붙이고 두 발로 먼저 누운 자의 가슴을 힘껏 민다. 그러면 누운 자들은 "아이구, 가슴뼈 부러진다."라고 야단이다. 하지만 미는 쪽에서는 또 누울 자리가 생기니, 서 있던 자가 그 사이에 드러눕고 몇 명이든지 그 방에 있는 자가 다 누운 후에야 밀어주던 자까지 다 눕는다. 힘써 밀 때는 사람의 뼈가 상하는 소리인지 벽 판이 부러지는 것인지 우두둑 소리에 소름이 돋는다.'라고 기록하셨습니다. 조선 총독부통계연보』에 의하면 1919년 3·1운동이 일어난 그해 12월 서대문형무소 수감 인원은 총 3,075명이었다고 합니다. 수용 인원 500명의 6배 이상을 초과한 수치이지요.

▲1920년대 초 서대문형무소 모습

▲ 2020년대 초 서대문형무소 모습

민족개조론

▲ 민족개조론

1919년 3·1 운동 이후, 독립지사들은 상하이에 임시정부를 세우고 본격적인 독립운동을 시작합니다. 일제는 표면적으로 총칼로 탄압하는 무단통치에서 문화통치라는 이름으로 전술을 바꾸게 됩니다. 그러나 그것은 독립운동 진영을 분열시키려는 교란전술에 지나지 않았습니다.

일제의 기만전술에 동조하는 일부 지식인의 주장 중 하나가 민족개조론이었습니다. 이광수가 『개벽』 1922년 5월호에 상·중·하로 구성된 논문을 발표했는데, 그 것이 민족개조론의 시작이었지요. 상에서는 민족개조론의 원리, 중에서는 민족성 개조를 위해서는 얼마만큼 시간이 필요할까, 하에서는 개조의 내용, 개조의 방법을 다루고 있습니다. 민족 개조론을 요약하면 민족성을 개조하지 않으면 독립은 의미가 없는 일이기 때문에, 국가의 독립 대신 자치권을 확보해야 한다는 주장입니다.

▼ 이광수

민족개조론이 발표되자마자 지식인과 청년들은 맹렬한 비난하고 분노했습니다. 그 이유는 첫째, 민족성 개조는 핑계이고 실제로는 독립을 외면하자는 주장이었기 때문이겠지요. 둘째, 개조론이 재외동포 중에서 발생한 것이라는 주장은 투쟁론을 주장하던 해외 망명객들을 심하게 모독하는 발언으로 받아들여졌을 것입니다. 셋째, 3·1 운동 참가자를 무지몽매한 야만인이라고 하며 3·1 운동을 비하한 모멸적 발언로 가득했기 때문에 사람들의 공분을 자아냈습니다.

「찬미가에 싸인 원혼」은 이런 소설이에요

이 소설은 심훈의 최초 소설로 알려져 있습니다. 심훈(본명 심대섭)은 경성고등보통학교 3학년 재학 중이던 1919년, 3·1 운동에 참여했다는 이유로 검거되었습니다. 8월 30일 경성지방법원에서 소위 보안법 위반 및 출판법 위반 혐의로 경성지방법원의 공판에 회부되었지요. 이어 11월 6일 경성지방법원에서 같은 혐의에 대해 징역 6개월 형 집행유예 3년을 선고받아 약 8개월간의 수감 생활을 정리하고 출옥했습니다. 그는 옥살이를 하면서 직접 겪은 일을 '감옥에서 어머님께 올린 글월' 이라는 편지로 남겼고, 이것을 다시 소설화한 작품이 이 소설입니다. 비슷한 시대적 배경과 사건을 다루면서도 인간을 바라보는 관점, 더 나아가 우리 민족성을 바라보는 관점이 김동인의 「태형」과 상반되는 작품이랍니다.

▲ 심훈

▶ '감옥에서 어머님께 올린 글월' 원본 사진

이 이야기가 단순한 비극이 아니라 우리 민족의 바닥을 드러내는 것 같아 씁쓸합니다. 감방의 죄수들은 3·1 운동에 참여했던 만세 운동 동지들입니다. 다섯 평이 채 안 되는 감방, 마흔 명이 넘는 죄수들, 더위, 배고픔, 불결함. 이런 최악의 감옥 환경이 '나'와 죄수들을 이기적이고 폭력적으로 몰아갑니다. 태형이 억울하다고 상급 법원에 다시 재결을 요청했던 영원 영감에게 태형을 받아들이도록 많은 사람이 압력을 넣어 그를 죽음으로 내몰아 버립니다.

'나'의 행동을 지배한 욕망은 어떤 것이었을까요? '나'는 민족의 독립을 꿈꾸는 의미욕망과 동지들끼리 굳건하고 평화로운 관계를 맺고자 하는 평화욕망, 감옥생활의 고통을 조금이라도 덜어 보려고 동지를 죽음으로까지 내모는 이기적인 욕망 사이에서 갈등했을 것입니다. 그리고 결과적으로 '영원 영감'이 나간 감방 안은 자리가 조금 넓어졌을지 몰라도 나머지 죄수들의 죄책감은 더 커졌을 것입니다. 영원 영감에게 일제가 안긴 폭력보다 더한 고통 – 동족에게 외면당하는 – 을 안겨 주었기 때문입니다. '영원 영감'이 동료에게조차 배제된 약자라면, '나'는 동료들의 분열을 조장하는 이기적인 강자일 뿐입니다. 단순히 자신의 이기적인 인정욕망을 채우기에만 급급한 비열한 강자이지요. 나머지 죄수들은 어떤가요? 그들 또한 '나'의 선동에 넘어간 비정하고 비열한 방조자들일 뿐입니다.

주인공인 '나'가 할 수 있는 선택이 이것밖에 없었을까요? 우리 민족의 결속 의지를 부정하는, 이런 결말이 너무나 비참합니다. 이야기 흐름을 곰곰이 생각해 보니, 우리 민족의 저항 의지가 이런 단순한 환경적 열악성에 의해 서로를 물고 뜯는 관계로 전락하고 말았다는 암시를 주는 것 같아서 수치스럽습니다. 가장 큰 폭력자는 일제였는데, '나'와 죄수들 누구도 그것에는 저항할 생각을 하지 못하고 있다니 안타깝기만 합니다.

3·1 운동 실패 후 독립운동가들은 감옥에서 탈출하여 임시정부를 수립하기도 했고, 감옥 속에서 지속적인 독립운동을 해 나간 사람도 있습니다. 그런데, 이 소설의 주인공은 그런 선택을 하지 않았습니다. 이런 식으로 이야기를 끌어간 작가의 의도를 생각해 볼 여지가 있지요. 어쩌면 작가의 친일 행각에 대한 정당화였다고도 볼 수 있지 않을까요?

만약, 감옥 속의 누구라도 '영원 영감'과 대화와 교류를 하면서 같은 동지임을 더 일깨울 수 있었다면, 그의 편에서 이해해 주었다면 이런 비극은 일어나지 않았을 겁니다. 아무리 옳고 그른 것을 따지기 어려운 혼란스러운 상황일지라도 그럴 때일수록 연대의 힘이 중요하다는 것을 다시금 깨닫게 하는 소설입니다.